# 俳句の深読み

## ――言葉さばきの不思議

武馬久仁裕

黎明書房

# まえがき

俳句は、考えれば考えるほど不思議な詩型です。仮名で書けば、五字、七字、五字のたった十七文字です。それなのに千変万化の言葉の世界が、そこにはあるのです。

私は、その千変万化の言葉の世界の秘密を解き明かそうと、『俳句の不思議、楽しさ、面白さ』（黎明書房、二〇一八）など、今までに何冊もの本を書きました。

そこで分かってきたことは、この俳句という極小の（極めて小さい）詩型の中では、言葉は、ふつうの文章（散文）とは違う、不思議なふるまいをすることです。そのような言葉に不思議なふるまいをさせることを、本書では〈言葉さばき〉と言います。これは、レトリック（言葉の仕掛、言い回し）と言われるものですが、私は、日本語にこだわり〈言葉さばき〉と名付けました。

たとえば、石田波郷に、

ふるさとの第一日の長鳴き鵙　　波郷

があります。句の中の「第一」の一、は、ふつうの文章では、単なる一、です。しかし、俳句の中では、一、は、鵙《もず》の長鳴きを文字の形で表しています。文字によるイメージの〈形象化〉という〈言葉さばき〉です。にわかに信じられないかもしれませんが、このような鑑賞の態度が身に付けば、俳句をさらに深く面白く楽しむことができます。

〈形象化〉の例として、ひらがなが白い雪になったりすることもあります。これは、俳句の縦書きという〈言葉さばき〉と一緒になって美しい世界を作ります。上から下に降っている雪を想像してください。

さんさんと雪降るなかのものわすれ　　鷲谷七菜子

このように、漢字やひらがなの表記は、五七五に乗って書かれた言葉と重なって、読者の印象を一層深めます。

それから、俳句には、私が〈重ね言葉〉と呼ぶ、これまた不思議な〈言葉さばき〉があります。

## 桜騒箱をならべて箱のこと

阿部完市

同じ言葉（この句の場合は「箱」）が、一句の中でくり返されますと、二つ目の言葉が強調され、言葉がより意味深いイメージを持つようになります。それを読者が素直に受け止め読むならば、このような一見難しそうな俳句でも深く面白く鑑賞できます。ただし、何度も言っておりますが、この〈言葉さばき〉は、作者が特に意図しなくても俳句の中では、俳句自身によって起こる場合がよくあります。これもまた、俳句の不思議なところです。この〈言葉さばき〉を一句の中で読み解くことこそ、俳句の鑑賞の醍醐味です。

今回は、この〈言葉さばき〉の観点で、ＡＩ俳句についても少し深く考えてみました。

なお、「まえがき」で述べました〈言葉さばき〉の他にも、多くの〈言葉さばき〉について、本文で詳しく説明しましたので、お楽しみいただければ幸いです。

最後になりましたが、今も多くのことを学ばせていただいております文芸学者の故西郷竹彦先生と、例句、例詩を引かせていただきました多くの方々にこの場を借りてお礼申し上げます。

二〇二一年九月一日

武馬久仁裕

# 目次

目　次

# 1

# 三つの文字――漢字、ひらがな、カタカナ

日本語は、言うまでもなく漢字とひらがなとカタカナで書かれます。

ふつうの文章では、この三つの文字は、言いたいことが能率よく伝わるように使い分けられます。

しかし、俳句はそうではありません。漢字・ひらがな・カタカナが、あるイメージをまとって五七五の俳句の中にあります。しかも漢字・ひらがな・カタカナのイメージそれぞれが、響き合って五七五の中にあります。

いまから、それを見ていきましょう。

かき氷さびしき水に戻りをり　　鎌倉佐弓

この句では、ひらがなによって、特定の漢字が際立つようになっています。氷、水、戻です。それらをひらがなの上に浮かべることで、涼しく、さびしく、美しい世界を文字と内容が一体となって作っています。

じっと句を見ていますと、ひらがなが水のように見えてくるところが、この句の味わいどころです。

次も漢字とひらがなの俳句です。

薔薇の前すべてさしだすかもしれぬ　　松永みよこ

一番上にあるものは、一番尊いものです。今、一番上にあるものは、「薔薇」です。漢字で書かれた薔薇は、薔薇の尊く気高い美しさを表しています。そして、その薔薇＝美の前には「すべてさしだすかもしれぬ」という、ひらがなで書かれた言葉が置かれています。

ひらがなは、次の水原《みずはら》秋桜子《しゅうおうし》（一八九二－一九八一）の句を待つまでもなく、うわべだけの飾りを取りのぞいたありのままの自分でもあります。

冬菊のまとふはおのがひかりのみ　　秋桜子

まとっているのは自分の光＝いのちの輝きだけだと言っていますが、同時に、「まとふはおのがひかりのみ」というひらがなは、自分のいのちの輝きをまとってすっくと立っている冬菊の姿でもあるのです。虚飾を捨てた本当の美しさです。

ですから、ひらがなで書かれた「すべてさしだすかもしれぬ」は、うわべだけの飾りを取りのぞいた、ありのままの自分をすべてさしだすかもしれないと、句の中の人物が言っていることになります。それとともに、「すべてさしだすかもしれぬ」というひらがなは、句の中の人物の虚飾を捨てたありのままの姿も暗示しています。

では、この人、本当に「すべてさしだす」のでしょうか。これは考えなくてもよいのです。薔薇の前にすべてをさしだすだけでは、句になりません。この句は、「かもしれぬ」と一ひねりすることで、俳句になっているのです。

この句の世界は、尊い美そのものである薔薇の前に、すべてをさしだすかもしれないという世界なのです。

読者は、この「かもしれぬ（かもしれない）」という不安定な不思議な気持ちを、この句で体験するのです。それがこの句の眼目です。

カタカナと漢字の句も見てみましょう。


ヘヤーカットア了え六月の風に乗る　　　太田風子

六月を使うとふつうは、句が少し暗くなるのですが、この句はそんなことはまったくありません。はつらつとした活動的な女性の姿が見えてきます。

それは、カタカナの持つ明るさ、軽快さ、ヘヤーカットというカタカナ語のモダンさが、ジューンブライドという幸福な言葉を面影として呼び出すからです。

もう一句、カタカナと漢字の句を読んでみます。

原爆忌という重い言葉が下にあり、カーテンという軽い言葉が上にある句です。


カーテンを左右に開く原爆忌　　　木村和也

カタカナは、字面からして、明るい感じがします。この句のカーテンも同じです。

カーテンを左右に開くという言葉から、明るい日差しが外から差し込んでくるように読者には感じられます。決して、カーテンを左右に開いた先に見える世界は、暗いものではありません。

未来への希望が差し込む原爆忌の句です。

ところが、漢字とカタカナだけの句になりますと、生命とは無縁のまったくの無機的な世界に一変します。カタカナの無機的な姿が露わになるのです。

逆襲ノ女兵士ヲ狙ヒ撃テ！　　西東三鬼《さいとうさんき》（一九〇〇－一九六二）

昭和十四（一九三九）年

これは、戦闘下の命令を思わせるような言葉が、五七五に乗り移った句です。近代の戦争は、極めて反自然的な、無機的なものですから、作者は、季語を使いませんでした。

三つの文字を持つ日本語のありがたさが、お分かりいただけたでしょうか。

# 2 文字一つの発見

「1　三つの文字」でお話ししましたように、日本語は、三つの文字を持っています。漢字、ひらがな、カタカナです。

この三つの文字が、五音・七音・五音の中で繰り広げる豪華絢爛なスペクタクル（活劇）が、俳句です。ですから、一字一句おろそかにできません。

石田波郷《いしだはきょう》（一九一三－一九六九）に、次のような俳句があります。

ふるさとの第一日の長鳴き鵙　　波郷

ふるさとに帰ってきて第一日目に聞いた鵙《もず》の長鳴きだなあ、といった俳句です。

俳句は、先ほど言いましたように、一字一句おろそかにできませんから、その観点で、この波郷の句を神経を研ぎ澄ませて読んでみましょう。この句で一番目立つ文字は、何でしょう。

それは、「第一日」の「一」です。一番最初に目に入る文字です。

実は、「一」がこの句では一番大事な文字なのです。それは、この句を読み進めれば分かります。

横に一本伸ばされた「第一日」の「一」が、鵙の長く鳴き続ける様子の形になっているのです。これを私は、〈文字の形象化〉と呼んでいます。

この、一句の中で文字があるものの形になっているのは、他にも数多く見かけることができます。

人間を洗って干して春一番　　川島由紀子

この句では、どの文字が一番目に付くでしょう。もちろん中七の「干」です。

人間を洗って干してと読んでくると、先に目に付いた「干」が、干された人間の形に見えてきます。実に面白いです。

そして、干された人間は、春一番で、見事どこかへ吹き飛ばされ、後に残ったのは、物干し竿一本というわけです。「春一番」の「一」です。

おそらく、読者の中でこのように読んだことのある方は、一人もいないでしょう。しかし、俳句は読むことが大事です。読むとは、その句を読者なりに意味づけることです。

私は、この二句を、〈文字の形象化〉の観点で意味づけてみました。

どうか、読者の方も、一度このような読み方を試みてください。今まで以上に、俳句の世界が広がることと思います。

では、この項をしめくくる一句をご紹介しましょう。

松山から出ている『子規新報』（創風社出版発行）第2巻57号の特集「須原和男」で、私が鑑賞した句です。

この特集を企画した小西昭夫編集長から、鑑賞する資料として須原和男の句三十句が送られてきました。その三十句の内、詞書があったのは、この一句だけでした。

品川

海さして花が筏となるところ　　和男

この俳句の海、花、筏以外のひらがなは、川の流れを表しています。

そのひらがなで表された川の流れに浮かんでは流れていくのは、散った桜の花びらであり、その桜の花びらが集まって筏のようになった花筏です。

品川は、「海さして花が筏となるところ」というわけです。

では、この句で注目すべき文字はなんでしょう。それは、詞書にある「品川」の「品」です。この「品」こそが、花筏のいくつも集まった形となっているのです。私にはそのように見えました。

私の用語で言えば、花筏が文字によって〈形象化〉されたものなのです。まさに、品川です。

「海さして花が筏となるところ」が目に見えるような粋な句です。

## 3

# 雨と雪——ひらがなの変身

俳句の中のひらがなは、色々なものに変身します。たとえば飯田蛇笏《いいだだこつ》（一八八五―一九六二）の次の有名な俳句もそうです。この句では、すすきに変身しています。

をりとりてはらりとおもきすすきかな　　蛇笏

俳句のひらがなは、意味だけではありません。色々なものの変身した姿なのです。この蛇笏の名句にしても、すべてひらがなは、白く風になびくすすきの姿そのものなのです。ひらがなが白く見えませんか。

このように、ひらがながあるものの姿をまとうことを、私は〈文字の形象化〉と呼んでいます。文字の、と言ったのは、漢字もカタカナも時にはあるものの姿をまとうからです。

例を挙げてみましょう。

十月や顳顬さやに秋刀魚食ふ　石田波郷

オリオン凍つ家路幾度の曲り角　齋藤愼爾

石田波郷の句は、天高き十月の秋空に、豪快に煙を上げて秋刀魚を焼き、こめかみをはっきりさせ爽快に食うという句です。

この句を支えているのは、一番上に置かれた「十月」であり、その中でもとりわけ、十月の空の広々とした感じを出している「十」という漢字です。十月の「十」が天辺に来ての句です。狭い中で言葉が響き合う極小の定型詩、俳句だからこそできる読み方です。一から十二の内、十を除いて、この芸当はできません。こめかみは、米噛みで、物を食べると動くところです。

齋藤愼爾の句は、カタカナの「オリオン」が、ひらがなとは違うそのバラバラ感のある直線的な形によって、冬の夜空に冷たく鋭い光を放つ様を表しています。

この人は、家路を急ごうと幾度となく曲がり角を曲がろうとも、天にある冷たく鋭いオリオンの光から逃れることはできないのです。「オリオン」が、句の一番上にあるのも納得です。

## 一　雨

では、ひらがなの変身についてお話しします。最初は、「雨」です。
戦後、俳壇のスターとなりその後失踪した鈴木《すずき》しづ子《こ》（一八八四－一九五四？）の俳句を見てみましょう。

あきのあめ衿の黒子をいはれけり　　しづ子

「秋の雨」と漢字で書いてもよさそうなのに、漢字は、「衿」と「黒子」だけです。「いはれけり」も「言はれけり」ではありません。ひらがなの中に「黒子」という字が目立ちます。特に「黒」という字が。読者に黒子を印象づけようとの作者、鈴木しづ子のはからいです。

　しかし、ひらがなの効果はこれだけではありません。この句のひらがなは、空から降り続ける秋雨を表しています。というより、「あきのあめ」と書き出されると、読者には、ひらがなが空から降ってくる雨に見えてくるのです。俳句は縦書きですのでそう読むのに無理はありません。

　それから、「衿の黒子」ですが、首の後ろの髪の生え際である襟足にある黒子です。襟足は、「襟足の綺麗な人」と言われるように、女性の官能的な美しさを言う時に使われます。

　秋雨が降り続く物憂い日、彼女の後ろに立った男に、襟足にある黒子を見られました。襟足に黒子があると告げられた彼女は、自分の身体のすべてを見られたかのように感じたのです。その時、ひらがなは秋の長雨であると同時に、読者には女性の白い肌と化すのです。

　官能に満ちた美しい句です。

　ひらがなが雨の形象化になっている句を、あと二つ挙げます。


しぐれふるみちのくに大き仏あり　　水原秋桜子

春雨のあがるともなき明るさに　　星野立子

冬の初めのわびしい通り雨である時雨と、春の明るさを含んで静かに降り続ける春雨を実感していただけたと思います。

## 二　雪

鈴木しづ子の句は、雨でしたが、ひらがなは雪にも変身します。鷲谷七菜子《わしたにななこ》（一九二三－二〇一八）の句を見てみましょう。

さんさんと雪降るなかのものわすれ　　七菜子

と句の中に「雪降」という漢字がありますので、この句のひらがなは読者の中で降る雪となります。それも最初に見た飯田蛇笏のすすきの名句のように白のイメージをまとって見えるはずです。

先ほど鈴木しづ子の句でも言いましたが、俳句の特長の一つである縦書きによって、ひらがなが天から地上へ降る雪として、雨と同様読者に納得されます。たとえ縦書きの効果を読者が意識しなくても、それは自然なことのように感じられます。

そして、潸潸《さんさん》という涙をはらはら流す様子を表すオノマトペ（声喩）によって、その雪が涙ともなります。この人は、涙のように降る白い雪の中で悲しみを忘れていくのです。悲しみと忘却を、雪を降らせることによって美と化した見事な句です。

では、有名な、中村草田男《なかむらくさたお》（一九〇一―一九八三）の

降る雪や明治は遠くなりにけり　　草田男

は、なぜ、

ふる雪や明治はとほくなりにけり

となっていないか、疑問に思われるでしょう。

それは、この句の主題が「遠くなりにけり」にあるからです。それを受けて、「くなりにけり」というひらがなが、明治が、降る雪の中で遠くかすんで見えなくなっていくことをはっきりと形象化しています。ひらがなが続くとぼおーとした感じになります。そして、「くなりにけり」と、後に無限の空白を残して句が終わるのも効果的です。

## 三　その他

ついでですので、ひらがなの他の変身例もご紹介しましょう。

あきかぜのふきぬけゆくや人の中　　久保田万太郎

風ですが、風と言ってもただの風ではありません。季節には色があります。春は青、夏は朱（赤）、秋は白です。そして、秋に吹く風は、色なき風（白）です。ですから、この句のひらがなは、人の中を吹き抜けていく寂しい秋風の姿を表しています。「人の中」は、いいいいいいいい人混みの中と人の心と身体の中と二通りに読めます。みなさんは、どちらを選ばれますか。

からたちの花の匂ひのありやなし　　高橋淡路女

匂いもひらがなの得意とするところです。ひらがなは、匂いの姿そのものです。

うすもののどこかゆるみてひとやさし　　藤木清子

「うすもの」とは、紗《しゃ》や絽《ろ》などの薄くて軽い、透き通るような、いかにも涼しげな夏の着物です。軽くて透き通るような感じのひらがなにふさわしい物です。すべてひらがなでできたこの句は、全体でうすものを表しています。

漢字で書くと「羅」です。例を挙げますから、どうして次の句は、漢字がふさわしいか、鑑賞してください。＊

羅をゆるやかに着て崩れざる　　松本たかし

このように、俳人は、ひらがな、漢字などの日本語の表記のことをとても大切にしています。読者もまた、表記のことを大切にして、極小の定型詩、俳句を読まれることをお勧めします。

＊私の考え：藤木清子（生没年不詳）の句は、「ゆるみて」「やさし」ですから、ひらがなです。それに対し、松本たかしは、「着て」「崩れざる」ですから、漢字です。読者は、どのように考えられたでしょう。

## 4　上にある言葉は大きい

俳句は、ひらがなにすれば、わずか五字、七字、五字という小さな言葉の器ですが、その小さな器ゆえに、その中で言葉たちは、ふつうの文章の中ではとても起こりそうもないことを、かるがるとやってのけます。
たとえばこの句です。

白菜を抱え老いたる父来たる　稲垣嘉子

上にある「白菜」が大きく見えませんか。その大きな白菜を抱えて、子どものために、体も縮んでしまった老いた父親が、一生懸命向こうからやってくるのです。小さく見えるのは、もちろん下にある「父」です。

老いた父親の、子への愛情が伝わってくるとてもよい句です。

このような上にある言葉の不思議な現れは、いつでも起こります。

山口誓子《やまぐちせいし》（一九〇一－一九九四）と山口青邨《やまぐちせいそん》（一八九三－一九八八）の名高い句を見てみましょう。

夏草に汽罐車の車輪来て止る　　誓子　　昭和八（一九三三）年
たんぽゝや長江濁るとこしなへ　　青邨　　昭和十二（一九三七）年

この二つの句には、共通点がいくつもあります。まず、取るに足りない草のことが書かれています。それも、両句とも、一番上、上五に置かれています。

そして、もう一つが、それらの取るに足りない草の後に、大きなものが来ていることです。

読者のみなさん、ここで小さなものと大きなものの対比によって一句を盛り上げているのだと、早合点しないでください。素直にこの句の書かれた通りに、句に即して読んでみてください。

先の白菜の句と同じように、上に置かれた物は大きく見えませんか。大きく感じませんか。堂々としていませんか。

俳句という小さな器の中では、一番上に置かれた言葉は、第一の存在感を持つのです。それは、読者がそのように感じるから起こることです。

ところが、ふつうの文章を読む時と同じように、小さいものは小さい、大きいものは大きいという先入観を持って俳句を読む人には、夏草やたんぽぽは、汽罐車や長江と比べて、しょせんはちっぽけな物なのです。

ですが、俳句の中の上五に置かれた夏草やたんぽぽは、句に即して読む人には、汽罐車や長江に負けてはいません。夏草やたんぽぽは、汽罐車や長江と優に張り合って、われわれの目の前に現れるのです。

だからこそ、巨大な汽罐車の車輪は、夏草の前に来て止まるのです。それを読者は当然と納得します。「夏草に」のには、他ならない夏草に「汽罐車の車輪が来て止る」のにです。

また、「たんぽゝ」は、この世のすべてのものを飲み込み濁流となって流れる偉大な長江とともに対等の存在感を持って、悠久の世界を形作っているのです。作者は、それを、よりはっきりさせるために「たんぽゝや」と、いわゆる切字「や」を持ってきて「たんぽゝ」を強調しました。

一度このように素直に俳句を読んでみてください。きっと、今まで読んできた俳句が、もっと輝いて見えることでしょう。

# 5

# あいまい表現

俳句という極小の言葉の世界では、不思議なことがいつも起こっています。しかも、その不思議なことは読者にはなんの不思議にも感じられていないのです。当たり前のように受け止められています。

私が、〈あいまい表現〉と呼ぶ言葉さばき（レトリック）もそうです。

では〈あいまい表現〉とは何か、いくつかの例をあげながらお話ししましょう。

四五枚の春菜を洗うたなごころ　　いずみ凛

四枚とか、五枚とか断定せずに、「四五枚」とあいまいにしたところに現実味がありま す。それは、常日頃、そのようにあいまいに私たちは世界を見ているということです。

あいまいだからこそ、現実味があるというわけです。

それを、四枚、五枚と断定すると、俳句が嫌う説明になってしまいます。説明とは、ふつうの文章、すなわち、詩ではなく、散文になってしまうということです。

この句は、四五枚のみずみずしい春の菜を洗うと同時に、みずみずしい春そのものを、この人のやさしいたなごころで洗っているのです。

なぜやさしいと分かるかと言えば、掌とせずやさしい感じのするひらがなで、「たなごころ」と書かれているからです。

また、手の平とせず、たなごころという古風な言葉を使ったのは、たなごころには、こころがあるからです。春をいとおしく思う気持ちがこめられた句です。

「四五枚」というあいまいな表現についてお話ししました。

ところで「四五」と言えば、河原枇杷男の名句があります。句集『烏宙論』にあります。

野菊まで行くに四五人斃れけり　　枇杷男

野菊は、美そのものとして人の世から離れた場所に咲いています。かつて原石鼎《はらせきてい》（一八八六－一九五二）が作り出した野菊です。

頂上や殊に野菊の吹かれ居り　　石鼎

その人の世から離れた場所に咲く野菊＝美そのものを求め、美のために死ぬ人間のありようを描いた句です。向こうに見えている野菊＝美そのものに近づくまでに四、五人が力尽き、次々に斃《たお》れて死んでしまったのです。

まず、「なぜ、四人とか、五人ではないのか」ですが、それは、先に申し上げましたように、四人、五人と限定すると説明的になるからです。四五人とはっきりしない方が、そこで斃れた人物がいることに実感を持つことができるのです。四五人とあいまいにすることで、この句は、俳句になりました。

そして、もう一つ言えることは、四五という数字の重なりにより、美を求めて力尽きた人たちの打ち重なる光景がありありと見えてくることです。

これは、先の「四五枚の春菜」でも同じです。四五枚という表現から、春菜の葉っぱの重なりが感じられませんか。
最後に難問です。なぜ、四五枚であり、四五人でしょうか。なぜ、二三人でもなく五六人でもないのでしょうか。それは、五七五定型のなせる業だと思います。

　のぎくまで　ゆくにしごにん　たおれけり

きれいな、五七五になっています。そして、「四五人」が置かれた中七が、ぴったり七音になるあいまい表現は、二音の「四五《しご》」だけなのです。

　ゆくにいちににん　ゆくににさんにん　ゆくにさんしにん　ゆくにごろくにん
　ゆくにろくしちにん　ゆくにしちはちにん　ゆくにはっくにん

というわけです。
その結果できたのが、

野菊まで行くに四五人斃れけり　　枇杷男

です。しかし、話はこれで終わりません。

なぜなら、読者は、できた句に大きな共感をよせるからです。単に語呂がよいだけで「四五人」になったかもしれませんが、多くの読者が、よい句だと思ったのです。ならば、なぜ四五人がよいのか、その意味を解明しなければなりません。よい句と思うには、美に殉ずる四五人を一度に見渡すのに、気持ちも位置もちょうどよいところでこの句を読んでいる人がいるということです。そうです、読者が、四五人を見渡すのにちょうどよい位置に、無意識の内に自分を置くのです。

もっと遠くからですと、五六人以上のもっと多くの人が見渡せるかもしれません。しかし、一人ひとりを見渡しにくくなります。もっと近くからですと、見られるのは三四人以下になります、三四人以下ですと、近すぎて、生々しすぎます。美に殉ずる人が折り重なるように斃れるには、四五人の位置が一番よいのです。

このようにして、河原枇杷男の野菊の句は、名句となりました。

これと同じことが、いずみ凜の「春菜」の場合も起こりました。

たなごころに載った春菜は、四五枚が、一番読者にとってしっくりくる数なのです。

そこで、読者の方がすぐさま思い浮かべる俳句があると思います。そうです。正岡子規《まさおかしき》（一八六七－一九〇二）の次の俳句です。ここにも「四五」が登場します。

鶏頭の十四五本もありぬべし　　子規

この句は、あいまい表現だけでは片づかないものを持っています。この句の詳しい解明は、「11　俳句は視覚詩」「20　ＡＩと名句の誕生」をお読みください。

## 6 ぼかし――あたり

先に、数字のあいまい表現の句についてお話ししました。今度は、それと似ていますが、〈ぼかし〉について考えてみましょう。

教科書にも載っている坪内稔典の有名な俳句です。

たんぽぽのぽぽのあたりが火事ですよ　稔典

この句が俳句として成功しているのは、ひとえに、〈ぼかし〉のおかげです。

「たんぽぽのぽぽが火事ですよ」では、俳句になりません。なぜでしょうか。それは、「あたり」という言葉がないからです。「ぼかしていない」からです。

「たんぽぽのぽぽ」では、はっきりしすぎて、メルヘンチックな（おとぎ話のような）

世界を生み出すことができません。

「たんぽぽのぽぽのあたり」とぼかすことによって、日常の世界とは違う世界を作り出しているのです。読者が実感を持って納得できる、メルヘンチックな世界が、ここにあります。

それを確認してから、もう一度、先ほどの句を読んでください。本当らしく思えてくるはずです。

たんぽぽのぽぽのあたりが火事ですよ　　稔典

これは、ちょうど、昔話やおとぎ話を読むようなものです。読者は、どんな不思議な話でも、本当のように思われてきて、読み進むうちにどきどき、はらはら、わくわく、わはは、しくしくなどを体験します。

昔話やおとぎ話は長いですが、俳句は短いので、一つの句の中にいろいろな言葉の仕掛け、すなわち言葉さばき（レトリック）を駆使し、その世界を実感を持って体験させるのです。「あたり」というぼかしもその一つです。

もう一つ、この俳句には、言葉さばき（レトリック）が使われています。それは、漢字が「火事」だけだということです。ひらがなで「かじ」と書いても、火事の感じが出ないからです。当たり前ですね。でも、当たり前のことが、俳句では大事なのです。

もう一つ、「あたり」の俳句を読んでみましょう。

とどまればあたりにふゆる蜻蛉かな　　中村汀女《なかむらていじょ》（一九〇〇－一九八八）

これは、「あたり」で、それまで歩いてきた世界と別の世界、「あたり」という世界を作り出しています。「あたり」というはっきりしないぼかしの言葉で、別の世界を現実味を持って生み出したわけです。「とどまれば」、一転ここは蜻蛉のにぎわう世界なのです。

ここでも「蜻蛉」だけが漢字になっていることに気づかれたと思います。ひらがなは、空気だと思ってください。その空気の中をたくさんの蜻蛉が飛んでいるという絵です。

ぼかし言葉には、他に「など」があります。「など」については、次の「7　など、のっそり」をお読みください。

# 7 など、のっそり

角川の『俳句』二〇二一年七月号に載った池田澄子の句です。

梅園を歩き桜の話など　　澄子

梅に桜の面影を重ね、こころ許せる友と春への思いを、語らいあゆむ幸せを詠んだ俳句です。「話など」のなどによるぼかしの言葉で、句に奥行きが生まれています。

「話など」とあいまいにする方が、「話」だけよりも読者のこころを惹きます。などに広がり、深まりがあるからです。それによって、「など」が、この句に現実味をもたらすことになります。

そして、「話など」を読んだ後しばらくしますと、また最初の「梅園を歩き」に、戻りたくなります。なぜか、それはものたりないからです。

それが「など」の働きです。「桜の話など」いつまでもしていたいのです。読者が。

同じ梅の句で「など」を使った俳句を、もう一句鑑賞しましょう。

渡邊白泉《わたなべはくせん》（一九一三－一九六九）の句です。今泉康弘著『渡邊白泉の句と真実』（大風呂敷出版局、二〇二一年）で紹介された『渡邊白泉全句集』（沖積舎、二〇〇五年）に収録されていない俳句です。

梅咲いて白い馬などやってくる　　白泉

梅が咲いてまずやってくるのは、春です。春を告げる代表的な花、梅、桃、桜の内一番初めに咲きますから。しかし、この人は、「白い馬など」がやってくると言いました。春ではなく。

「白い馬」と言えば、王子様が将来のお妃を迎えにくる時、乗ってくる馬です。しかし、「白い馬など」と「など」がつきますと、白い馬の他にも何か、得体のしれないものが一緒にやってくるような雰囲気に包まれます。これが、この句の漂わす不吉さの正体です。池田澄子の梅園の句とはずいぶん違います。

この「白い馬」の句は戦後の句ですが、白泉の戦前の馬の句には、次のようなものがあります。

「のつそり」というはっきりしない言葉が使われています。

青い棒を馬がのつそりと飛び越える＊　白泉

サーカス（曲馬団）の馬でしょうか。軽快な芸を披露するはずの舞台で、馬は、軽快とは逆に「のつそり」と物憂く、のろい、緩慢な動作で、青い棒を飛び越えたのです。のっそりと、いったいどこへ飛び越えていったのか、と読者に思わせる句です。

「青い棒」の「青」が、「のつそりと」というオノマトペ（声喩）に影響を受けて、病むことを象徴する「青」になります。何だかさみしい句です。

「のつそり」を使った現代の俳句も紹介しましょう。

のっそりと浮かぶ雲あり夏の空　　　鈴木芝風

夏の雲は本来力強く、堂々と空にあります。しかし、この夏の雲は、のっそりと浮かんでいるのです。雲は、その正体を隠すかのように、夏の空に物憂く、はっきりせずのろのろと浮かんでいるのです。

「のっそり」には、不穏な雰囲気が漂います。

「など」「のっそり」とあわせて「5　あいまい表現」「6　ぼかし――あたり」もお読みください。ぼかし言葉の面白さをもっと味わっていただけます。

＊『富澤赤黄男・高屋窓秋・渡邊白泉集』現代俳句の世界16、朝日新聞社、一九八五年。

# 8 重ね言葉

## 一 荻原井泉水と阿部完市の〈重ね言葉〉

長年、「不思議な句だなあ。」と思ってきたものに、荻原井泉水《おぎわらせいせんすい》（一八八四－一九七六）の次の句があります。

蜩鳴く鎌倉を鎌倉に移り＊　　井泉水　　昭和四（一九二九）年

この句に初めて出会ったのは、私が初学のころです。わが師小川双々子《おがわそうそうし》（一九二二－二〇〇六）が、中日新聞に連載していたある回で、紹介していたのです。とても高く評価していたように思います。しかし、残念なことに何ゆえ高く評価したか、また双々子がどのように鑑賞していたかは覚えていません。ただ、句だけが私の脳裏に刻まれたのです。

一見なんの変哲もなく、これと言った技巧も見られません。しかし、確かによいのです。読むと句の世界にこころが吸い込まれてしまうのです。そのような力の源は、この句のどこにあるのか、それが長年の私の疑問でした。

この疑問に一応の決着をつけたのは、つい最近です。松尾芭蕉《まつおばしょう》（一六四四－一六九四）に関するある論文を読んでいて、そこに引かれていた次の句を読んだ時に思い至りました。

京にても京なつかしやほとゝぎす　　芭蕉　元禄三（一六九〇）年

この句には何度も出会っているのですが、初めて気づきました。似ているのです。井泉水の句と。同じ言葉が二度出てくること、鳴き声が背後にあることが。

気づいてみれば簡単なことでした。初めに出てくる「京」と二度目に出てくる「京」は違うのです。違うと言っても字面は同じ「京」です。なんの違いもありません。違うのは読者にとってです。

最初「京にても」と上五を読む読者には、この「京」は、現実の「京」として受け止められます。しかし、次に「京なつかしや」と中七を読むと、先の京に後の京が重なり、「京」が強調され、現実の「京」でない「京」が出現します。言ってみれば純粋なイメージとしての『京』が現れるのです。

その『京』は芭蕉にとっては都そのものとしての『京』でした。それゆえその『京』は、ほととぎすの声が、荘厳《しょうごん》しなければならなかったのです。さらに言えば、現実の「京」から離れたイメージを持ち始めた二つ目の「京」が、ほととぎすの声によって、読者のこころの中で完成された『京』になるのです。(荘厳：仏の世界を厳かに、美しく飾ることですが、私は、広く世界を美しく飾るという意味で使っています)

『古今和歌集』の次の歌を引くまでもなく、ほととぎすは、王朝和歌にその鳴き声が詠われる代表的な、雅な鳥です。ここでは「郭公」と書いてほととぎすと読みます。

五月雨に物思ひをれば郭公夜ふかくなきていづちゆくらむ　紀友則《きのとものり》

(五月雨を聞きながら物思いにふけっていると、ほととぎすが夜ふけに鳴きながら遠ざかっていった。いったいどこへ行くのだろう。)

では、井泉水の、

蜩鳴く鎌倉を鎌倉に移り　　井泉水

はどうでしょう。井泉水の場合は、まず読者は、「蜩鳴く鎌倉を」から、暮れかかる蜩が鳴く現実の「鎌倉」をイメージします。ところが、その「鎌倉」が「鎌倉に移り」の「鎌倉」に重なることによって、「鎌倉」が強調され、現実ではない『鎌倉』が出現するのです。

現実ではない『鎌倉』とは、中世古都のイメージそのものとしての『鎌倉』です。この句は、現実の「鎌倉」から、現実ではない非現実の『鎌倉』へ移り住むかのような体験を読者に誘うのです。

そして、その体験をつつむかのように上五の蜩は、読者を荘厳します。

このような一句の中に同じ言葉を二度出す言葉さばき（レトリック）を、これからは、〈重ね言葉〉と呼ぶことにします。

ところで、これらの句は、江戸初期と昭和前期のものですが、では、現代の句ではどうでしょうか。この重ね言葉を、何度も試みている阿部完市《あべかんいち》（一九二八－二〇〇九）の句を読んでみましょう。

絵から絵へ山から那智　　完市

「絵から」と言われますと、ふつうに絵というものをまず思います。しかし、「絵から絵へ」と、絵に絵が重ねられますと、そこでは、ふつうに思う絵から現実にはない『絵』というものへの跳躍がなされます。

読者には、なんだかはっきり捉えられない、見たこともない「絵」の出現です。それと対句のように、「山から那智」へと句は続きます。

一句で二度目に同じ方法を使っても、二度目は単調になります（いわゆる二番煎じ）ので、「山から山へ」では、読者の中にイメージの跳躍が生まれません。

そこで、「山から山へ」ではなく、「山から那智」というひねりがなされ、一句を完結させることになります。

ところが、「山から山へ」ではなく、「山から那智」とひねられますと、山から那智に変わるのではなく、山から那智の滝が流れ落ちる姿が現れます。

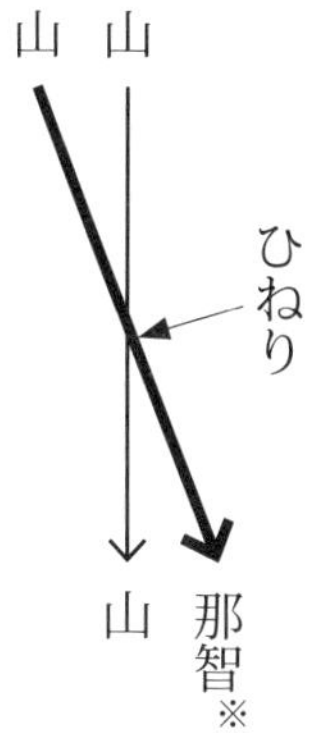


※山↓那智（の滝）の落下。

重ね言葉とひねりという異なる二つの言葉さばき（レトリック）によって、阿部完市のこの句は極小の（極めて小さい）定型詩、俳句となることができました。

この句を、句の言葉遣いに即して読み解きますと、「この世の絵からこの世を超えた尊い絵へと変わり、この世の山からはこの世を超えた尊い那智の滝が流れ落ちることだ。」となります。神像としての那智滝図を思い起こさせる句です。

もう一つ。阿部完市の最後の句集『水売』（角川書店、二〇〇九年）より一句。重ね言葉が見事なまでに効果的に使われています。

桜騒箱をならべて箱のこと　完市

箱とは、もともと中は空っぽのものです。「箱をならべて」と言えば、その辺りにある単に中が空っぽの箱をならべることです。

ところが、「ならべて」の後に、また箱が来ます。箱に箱が重ねられることになるのです。それによって二度目の箱が強調されます。強調された箱は、一度目の箱を超えた現実にはない『箱』となって現れます。

これは、読者には、二度目の箱に対する違和感となって現れます。違和感とは、最初の単にならべるだけの箱とは違った箱のように感じることです。簡単に言えば、なにやら意味ありげな『箱』になるのです。

この句の中の人は、空っぽの箱をならべているうちに、ふつうではない、空虚そのものの入れ物である箱というものを、しみじみ思うようになったようです。

その空虚そのものの入れ物である『箱』を、美の極みである満開の桜が、ざわざわと騒ぐかのように枝を揺らし花を散らし、荘厳（美しく飾ること）するのです。

そこには、虚無の匂いがします。

改めて言えば、その『箱』は、俳句という極小の定型の場で、このような重ね言葉という言葉さばきによって、初めて見える『箱』であって、われわれが散文の世界で見る具体的な箱ではないのです。

恐らく作者は、俳句という極小の定型詩の中で、ふつうの文章の中の言葉とはまったく違う言葉のふるまいを実現したかったのです。

この重ね言葉の伏線として、「さくらざい」という、「さ」「ざ」の畳み掛けが上五に来ていることを付け加えます。

ついで、現在活躍中の作家の俳句も読んでみましょう。

## 二　万緑の中のいのち

万緑の中や米屋が米をとぎ　　塩見恵介

塩見恵介の第三句集『隣の駅が見える駅』（朔出版、二〇二一年五月）の中の随一の句です。なぜ、随一かと言えば、言葉だけで見事に立っているからです。俳句は、言葉さばきによって成り立つ文芸ですが、この句の言葉さばきの中心は、今までその面白さを見てきた〈重ね言葉〉です。

重ね言葉は、「思い思い」「一人一人」といった畳語とはちょっと違います。離れていてもかまいません。一句の中に同じ言葉がくり返されることです。多くの人は、くり返しは、言葉の強調ぐらいにしか思っていませんが、それは違います。

極小の五七五の定型詩の中では、言葉たちは、散文の中とは違って自由な不思議なふるまいをします。その自由な不思議なふるまいの意味をこそ、読者は読み取らねばなりません。〈重ね言葉〉も自由な不思議なふるまいの一つの現れです。

では、万緑の句を読んでみましょう。この句で言えば、「米」という言葉（文字）が二度くり返されます。一度目は「米屋が」、二度目は「米をとぎ」という形で。

まずこの句は、「万緑の中や」と始まります。やによって強調された万緑は、その緑のいのちの輝きを全世界に及ぼします。その緑輝く世界にあって、白いイメージを持つ米を冠した店、「米屋」が登場します。

その「米屋」が「米をとぎ」と展開することによって、読者の中で米屋の「米」が米をとぎの「米」に重なります。そうすると、この「米」が普通の米ではなく何か特別の米のように感じられるのです。

読者の方で確信が持てない方は、くり返しこの句を読んでみてください。米屋の「米」が違う『米』に変化するはずです。米の米たることを発見すると言ってもかまいません。何か特別の米のように感じられた時、この句は一句として成り立ったことになります。

特別の米とは何か。私の読みをお話ししましょう。

それは、緑のいのち輝く中で、四方八方に白く光を発する米です。「米」の字を改めて見てください。四方八方に延びているでしょう。とぐことによってますます米の発する光は白さを増すのです。

では、その白い光とは、なんでしょう。言うまでもありません。米のいのちです。米屋のとぐ米ですから、きっとたくさんの米に違いありません。

ところで、「万緑」を初めて季語として使った句と言えば、中村草田男の次の句です。

万緑の中や吾子の歯生え初むる　　草田男

二つの句は同じいのちを描き出していますが、迫り方は違います。草田男は、言葉さばきである（赤子の）歯の白さと万緑との対比、緑と葉《は》（歯《は》との掛詞）の縁語（同じ緑で縁があります）は使っています。しかし、塩見の句に使われた重ね言葉は使っていません。それぞれ、個性的で味わい深い句です。
ちなみに塩見は重ね言葉が好みのようで、同じ句集にいくつもあります。おそらく、重ね言葉の効果に気づいていたのでしょう。

大声の友も大声風薫る　恵介
また手紙くれよと手紙書いて月　恵介

それぞれの句の二つ目の「大声」「手紙」は、最初の「大声」「手紙」によって強調されて、本当の心のこもった「大声」「手紙」となって、読者の胸に響きます。二つ目の「大声」を快く包む「薫る」という言葉、二つ目の「手紙」を照らす「月」という言葉によって、美しく飾られます。
そして、句集名『隣の駅が見える駅』も重ね言葉です。

燕来る隣の駅が見える駅　恵介

この句の二つの「駅」も駅は駅ですが、中身が違います。二つ目の「駅」は、最初に出てきた「駅」が重ねられることで、特別の『駅』となって、読者の前に現れるはずです。この『駅』は、句の中の人物にとっては特別の駅なのです。特別のものが見える『駅』なのです。燕という希望がこの句の世界に飛来するころには。

最後に、もう一句、重ね言葉で現代の俳人の句を読んでみましょう。

波の間に波の生まれて鳥渡る　　滝澤和枝

今までお話ししましたように、同じ言葉が二度使われる場合、二度目の言葉は強調され、一つ上の言葉に変身します。

この句では、「波の生まれて」の「波」は、先の「波の間」の「波」が重ねられ、強調されるので、ふつうの波を越えたものに変身します。ちょうど、波が波を踏み台にしてジャンプして違うレベルの『波』になるような感じです。

「波の生まれて」とありますから、いのちある波になったことがよく分かります。その生ある波の上を、これもまたいのちある鳥が遠く離れたところに渡っていくのです。いのちある世界の物語がこの俳句にはあります。

このように重ね言葉は、今も昔もよく使われる不思議な言葉さばき（レトリック）なのです。

＊荻原井泉水著『井泉水句集』新潮社、一九三九年、十一版、三二頁。句の下には、括弧にくくられて小さく、（佐介が谷より泉が谷へ）と添えられています。

**付記　蜩の句の二つの形**

『小川双々子全句集』（沖積舎、一九九〇年十一月）の付記に、双々子はこのようなことを書いています。

ふと手にした井泉水句集（新潮文庫）の「ひぐらし鳴くかまくらをかまくらに移

り」の一句を記憶した少年時代から、いま手許にある書きかけの未完の一句に到るまで一切が途中である。しかし、これより一事を為すの自負などあろう筈もない。〈全句集〉の企図にも心重く、いたずらに月日が過ぎた。

少年時代の双々子が手にした「井泉水句集（新潮文庫）」は、おそらく私の手元にある新潮文庫の荻原井泉水著『井泉水句集』（昭和十四年四月二十日発行の十一版）と姿形、内容ともに同じものだと思われます。

『井泉水句集』を紐解きますと、十一頁から始まる第一部の昭和四（一九二九）年の句は、「ひぐらし集」となっていました。その巻頭にエピグラム風に、

ひぐらし鳴く
かまくらを
かまくらに移り

と、三行書きになって載っていました。

同じ地平を、鎌倉を鎌倉に移る感じを出すためでしょうか、三行書きになっているのは、なんとなく分かります。

そして、ひぐらしの鳴き声が、鎌倉中に響いていることを読者に納得してもらうために、一行目の「ひぐらし」のらが、二行目と三行目の「かまくら」のらに面影として及ぶようにできています。

この井泉水の句集は、初版は昭和十二（一九三七）年一月発行です。双々子、満十四歳です。愛知県一宮市に住んでいた双々子が、現在の愛知県江南市東野町にあった滝実業学校商業科（現滝高校）に入学したのが、満十二歳ですので、初版を求めたのかもしれません。滝実業学校には、教師として歌人の春日井建の父親で、同じく歌人の春日井瀇がいました。

さて、「ひぐらし」のこの句ですが、ここへ来て読者は、おかしいなと思われるでしょう。

この句、

蜩鳴く鎌倉を鎌倉に移り　井泉水

では、なかったかと。

そうなのです。実は、この句は、『井泉水句集』の本文では、「蜩鳴く鎌倉を鎌倉に移り」（三二頁）となっているのです。今の私たちが知っているのは、この形です。これが決定稿です。

おそらく、井泉水は、色紙に文字で絵でも書くかのように、この句を「ひぐらし集」の巻頭に、置いたのでしょう。私が読んだように読めるために、

ひぐらし鳴く
かまくらを
かまくらに移り

と。井泉水は、それによって第一部「ひぐらし集」を飾ったと思われます。

そして、双々子は、自分の出発点であるこの句を、自らの全句集の付記に書き、生涯をかけた未完のわが俳句の記念としたに違いありません。

となりますと、私が新聞で見た句も改行なしの「ひぐらし鳴くかまくらをかまくらに移り」だったかもしれません。

では、「蜩鳴く鎌倉を鎌倉に移り」と、双々子の記憶した「ひぐらし鳴くかまくらをかまくらに移り」では、いずれがすぐれているのでしょうか。少し考えてみましょう。

双々子の記憶した句では、「鳴」と「移」以外はひらがなです。そのひらがなを、蜩の鳴き声の文字による見える化〈形象化〉としますと、「ひぐらし鳴くかまくらをかまくらに移り」の方が作品としては面白味があります。

また、「かまくら」とひらがなにしますと、最初から「鎌倉」でない「かまくら」が現れ、句の非現実性が色濃くなります。どこにもない「かまくら」が現れるからです。（念のために申し添えますが、一句の中にひらがなで書かれた「かまくら」は、「鎌倉」を単にひらがなで書いただけのものではありません）

そして、この句を読みますと、一番目の「かまくら」が次の「かまくら」に重なり、「かまくら」が強調され、どこにもないさらに深められた「かまくら」が現れるわけです。この深化した「かまくら」をどう味わうかが、勝負のしどころです。

双々子の考えを、聞けなかったのが残念です。

# 9

# 波郷たちの六月、荘厳

六月は、一月から十二月までの月の内でも特別不思議な月です。その不思議さを『俳句の不思議、楽しさ、面白さ』（黎明書房、二〇一八年）の「不思議の六月」で解き明かしました。

解き明かそうとしたきっかけは、石田波郷の名句とされる次の句にあります。『俳句の不思議、楽しさ、面白さ』と重なりますが、初めての方もおありと思いますので、要点だけお話しします。

六月の女すわれる荒筵　　波郷

多くの鑑賞が、波郷の自句自解＊にある「焼跡情景」という言葉にしばられ、この句の持つ日常を超えた不思議な雰囲気を説明することができなかったのです。

そこで私はこの句の「六月」に注目しました。なぜなら、六月という言葉を使った俳句には、同じような日常を超えた不思議な雰囲気を持つ句が多く見られたからです。

詳しいことは、『俳句の不思議、楽しさ、面白さ』にゆずりますが、結論を言えば、六月は、十二月を四季で分ける時、唯一違和感をおぼえる月です。春にもはいらない夏にもはいらない不思議な月なのです。

日本の雨季＝梅雨を面影に持つ六月は、言ってみれば、日本の四季に属さない「虚の月」だったのです。

「六月の女」とは、そうした虚の月、六月にだけいる虚の女です。その六月の虚の女が荒筵に一人端座しているのです。荒筵はますます荒々しく、すわる女の漂わすエロスは、日常の世界のエロスを超えたエロスになります。これが、波郷の六月の句の世界です。

六月の句には、すぐれた句がいくつもあります。少し紹介しましょう。

たとえば、俳句雑誌『門』二〇二〇年九月号に、次のような句がありました。

静脈のなかに六月来てゐたり　　関朱門

静かに脈打ち血液が心臓に戻る道、静脈に、イメージとしては春でもなく夏でもない、四季からはずれた虚の月、六月が来ています。その虚の月によって、この世のどこにもない静脈が現れました。計り知れない世界の出来事です。

アベカンの愛称で親しまれた前衛的な俳人、阿部完市にも、六月の素敵な句がありました。

六月の正方形をさがし居り　　完市

虚の月、六月の正方形をさがしていると言います。はたして、虚の月、六月でも、われわれ日常世界の正方形と同じように、正方形は、正方形なのだろうか。そう問うているような、味わい深い句です。

これは、生前、最後の句集『水売』（角川書店、二〇〇九年）のものですが、以前の句集『純白諸事』（現代俳句協会、一九八三年）＊＊にも、六月が見られます。

## 六月半ば皆のかたちの紙裁ちて　　完市

この句の眼目は、「皆のかたちに紙裁ちて」ではなく、「皆のかたちの紙裁ちて」となっているることです。これは、尋常ではありません。人の身代わりである形代を裁つというのです。

皆の形代を裁つということは、一人ではなく、皆を呪うことです。その呪いを実行するのは、先の正方形の句と同じように、この世にない月、虚の月、六月のことなのです。しかも、ここでは単に六月ではなく、さらに一ひねりされて、半ばのことになっています。この半ばというあいまいな表現＊＊＊が、虚の月、六月に現実味を与えているのです。

さらに、「裁ちて」とてで止めることによって、倒置の感じを出し、読者が上五に戻りたくなるように仕組まれているのです。「皆のかたちの紙裁ちて六月半ば」というわけです。これがいつまでもくり返されるのです。不思議な世界が現れます。

アベカンの言葉さばき（レトリック）、恐るべし！　です。

ここまで書いてきて、茨木《いばらぎ》のり子《こ》（一九二六－二〇〇六）の詩「六月」を思い出しました。「……はないか」と問いかけながら、本当の美しい村を倒置法で出現させた三連からなる詩を。

「六月」は、

どこかに美しい村はないか
一日の仕事の終りには一杯の黒麦酒
鍬を立てかけ　籠を置き
男も女も大きなジョッキをかたむける

と始まり、第三連の、

どこかに美しい人と人との力はないか
同じ時代をともに生きる
したしさとおかしさとそうして怒りが
鋭い力となって　たちあらわれる

をもって終わります。

倒置法は、読み終わると、読者は完全な文を求め、初めに戻りたくなります。そのため、虚の月、六月だけにある「美しい村」を、読者は、何度も何度も問いかけることになります。「……はないか」と。

その問いかけの中に、倒置法で六月の美しい村が現れます。何度も何度も。

波郷に戻りましょう。

波郷には、先ほどの「六月の女」の句もそうですが、見事な言葉さばき（レトリック）を数多く見ることができます。この句などもそうです。

立春の米こぼれをり葛西橋　　波郷

作られた時期は、「六月の女」の句と同じ太平洋戦争の敗戦直後です。

そのため、その当時の住宅事情、食糧事情に引きつけられて読まれがちです。

米が主題ですから、ふつうは「ほんの少しの橋にこぼれた純白の米が、ひもじい人の目を引き付ける。しかし、そのひもじさももう終わる。希望の春がもうすぐそこに来ているのだ」といったように読まれています。

はたしてそうでしょうか。

一句の言葉遣いに即して読むことをこころがけている、私の読み方を紹介します。

まず、「立春の米」とありますから、春立つおめでたい日に選ばれた白い米です。そのおめでたい立春の白い米が葛西橋《かさいばし》にこぼれているのです。

この句は、春の始まりを寿ぐ立春の白い米が、別の世界へと橋渡しする橋というものを美しく飾っているのだ、と読むことができます。

立春の光を受けた白い米が、いのちが芽吹き、あふれる春につながる橋を美しく飾っているというわけです。

その美しく飾られる橋は、他でもありません。立春の春を受け、葛若葉を思い起こさせる葛を名にもった葛西橋なのです。

以上が、私の読み方です。

このように、あるもので世界を美しく飾ることを私は荘厳《しょうごん》と呼んでいます。もともとは、仏教の言葉です。仏の世界やお寺のお堂の中を美しく貴く飾ることです。それを、仏教的なものは適度にして、私は使っています。

この句の場合、立春の米が葛西橋を荘厳しているのです。ところで、波郷はこのころ葛西橋近辺に住んでいました。葛西橋は東京の荒川に掛かっている橋です。（波郷のころの葛西橋は、老朽化のため掛け替えられ、今は新しい葛西橋が掛かっています）

しかし、住んでいたところとか、作られたのが昭和のいつごろか、葛西橋がどういう橋かを知らなくても、この句は、荘厳の名句として十分読めます。

参考までに、江戸時代の句も荘厳の観点で、読んでみます。芭蕉の弟子の藤屋露川《ふじやろせん》（一六六一－一七四三）の句です。

三日月はちよつと咲《わら》ふて入《いり》にけり　露川

三日月が沈む時、ちょっと笑って沈んでいったという俳句です。

三日月を「ちよつと咲ふて」と、口語的な言い回しで擬人化することで、句になっています。では、この句の眼目はなんでしょう。

それは、三日月は沈む瞬間、ちょっと明るく三日月を見ている人を照らしたことです。三日月は、その笑み＝輝きで、それを見ている人を、ちょっと荘厳したのです。これが、この句を読む時、ちょっと幸せになる理由です。


波郷の句を糸口に、二つの言葉さばき（レトリック）についてお話ししました。〈六月〉と〈荘厳〉です。俳句が俳句になるためには言葉さばきが必要です。この言葉さばきが、十分に機能しないと俳句になりません。

この本は、俳句の言葉さばきの案内書でもあります。

＊石田波郷著『波郷百句』現代俳句社、一九四七年。
＊＊阿部完市句集『純白諸事』は、『阿部完市俳句集成』（沖積舎、平成十五年）所収のものによりました。
＊＊＊あいまい表現については、「5　あいまい表現」を参照してください。

# 10 俳句はやっぱり縦書きの詩

みなさんは、俳句は読むだけのものだと思っておられることでしょう。それは、間違いです。俳句は、見る詩（視覚詩）でもあるのです。

たとえば、滝の俳句です。滝の俳句と言えば、後藤夜半《ごとうやはん》（一八九五－一九七六）の次の句です。

滝の上に水現れて落ちにけり　　夜半　昭和四（一九二九）年

ええ?!　これ、当たり前じゃないの?!　と言われるかもしれません。ところがこれが、名句なのです。

まず、日本語の縦書きが効果的に使われています。横書きにすれば、よく分かります。

滝の上に水現れて落ちにけり　　　　夜半

上のようになります。横書きでは、全然滝が落ちているように見えませんね。読者は、この句を見て当たり前に見えるのは、まず縦書きだからです。

夜半は、このことをよく知っていたのでしょう。

それから、「水現れて」という言い方です。ふつうは、現れると言う時は、知らない人が現れるとか、トンボが眼の前に現れるとかいうように、生き物が出現する時に使います。

しかし、この滝の句では、水が現れると使われています。まるで、生きているものが現れるかのように書かれています。この〈水の擬人化〉が、句の眼目です。

滝の上に水がまるで生きているかのように現れ、そして落ちていくのです。幾度となく。

と、ここまで書いて思い出すのは、高柳重信《たかやなぎしげのぶ》（一九二三－一九八三）が、かつてこう言ったことです。興味深い内容ですので、少し長くなりますがご紹介します。

それ（先の夜半の滝の句―武馬）に先立つ昭和二年、同じ「ホトトギス」の誌上で「滝の上人あらはれて去りけり」という句を見ることが出来る。もっとも、どこそこに何かが出現し、そしてどうこうした、というようなパターンは、それ以前から多くの俳人が繰り返し試みていたことである。この二句も、同じパターンを繰り返しているわけであろうが、こうして並べてみると、なぜか雲泥の差があるように思われる。作品の質が、まったく一次元ちがっている感じなのである。（高柳重信『現代俳句の軌跡』永田書房、一九七八年）

先に私のお話ししたことを思い返していただければ、高柳重信の言っていることは、よくお分かりいただけることと思います。

昭和二年の「滝の上人あらはれて去りけり」は、現れたのが人であり、擬人法になっていません。民話やおとぎ話を例に出すまでもなく、擬人法は、人間でないものを人間化することによって、その世界を日常とは異なるものにするのです。

高柳重信が「なぜか雲泥の差があるように思われる。作品の質が、まったく一次元ちがっっている感じなのである」と言うのは、そのことなのです。

夜半は、水を擬人化し、縦書で表現することで、文字通り滝をいのちあるものとして生き生きと描ききったのです。

しかも、この句は、言葉で語られていることが、一句の姿形《すがたかたち》と見事に一致しているのです。名句と言われる所以《ゆえん》です。


俳句と縦書きは、滝だけではありません。基本的にはすべての句に通じますが、分かりやすい例で言えば、上から下を見る句です。

たとえば、鷹羽狩行の句に、次のようなものがあります。ニューヨークの摩天楼の上からの光景です。

摩天楼より新緑がパセリほど　　狩行

一目瞭然、上には「摩天楼より」、下には「パセリほど」があります。上にあるものは自ずと上に、下にあるものは自ずと下にあります。だから、読者には、とても現実味を持ってこの句は迫ってきます。俳句の縦書きをうまく使った句です。

こんな仕組みです。

上
↕
下

摩天楼（大）
パセリ（小）*

この句は、「摩天楼の上から見たら、下に見える新緑がパセリくらいだった。」と言ったほどの意味です。

この句は、パセリというカタカナが明るく輝いています。カタカナの姿形は明るく見えます。そして、明るいパセリは新緑に染まっています。カタカナは染まりやすいのです。

最後に滝の句をもう一つ紹介しましょう。

おほらかに滝の真中の水落つる　草堂

山口草堂《やまぐちそうどう》（一八九八－一九八五）は水原秋桜子に学んだ俳人です。夜半のように「滝」が一番上に来ていないと言わないでください。この句をよく見ていただければお分かりだと思います。

「滝の真中」という言葉は、文字通り一句の真ん中、中七に来ています。「滝の真中の水」とは、滝の真ん中を流れ落ちる水ということでしょうが、句の真ん中に「滝の真中」と置かれると、この句、妙に納得です。

読者の方にお願いします。どうか、ネットで横書きに書かれた俳句の鑑賞を読んで満足しないでください。必ず、句を縦書きに直して読み直してください。そうしないと、句がかわいそうです。

＊俳句の上に書かれたものは大きく、下に書かれたものは小さく見えることについては、「4　上にある言葉は大きい」をお読みください。

# 11
# 俳句は視覚詩

俳句は、言葉を五七五のリズムに乗せて一句に仕立てます。

読者もまた、五七五のリズムに乗って俳句を読みます。

その心地よいリズムによって、十七音ながら一句は一つの詩になります。

ところが、俳句は、五七五七七の短歌の七七が取れ、五七五というとても短い詩になることで、不思議なことが起こりました。＊

それは、眼で見た効果を作者も読者も意識するようになったのです。いやそれ以上に面白いことは、多くの場合、作者も読者も目で見た効果をことさら意識しなくても、無意識の内に一句の中に、眼で見た効果を感じ取り、納得してしまっていることです。

それは、当たり前の二つのこと、
① 日本語（俳句）が縦書きであること

②　日本語（俳句）が、漢字、ひらがな、カタカナという三つの文字で書かれることが、大きな理由だと思われます。

## 一　滝の上に

たとえば、「10　俳句はやっぱり縦書きの詩」でも書きましたように、後藤夜半の名句、

滝の上に水現れて落ちにけり　　夜半

は、縦書きで書かれてこその名句です。これが横書きですと、六九頁で示したように鑑賞に堪えられるものではありません。滝の水は、上から下へ落ちてくるものだからです。句もそのように書かれています。「滝の上に水現れて落ちにけり」と。

作者も読者も、縦書きで書かれているからこそ、この句にリアリティ（現実感）を感じるのです。すんなり納得するのです。縦書きの仕組みは、次のような簡単なものです。縦書きは、内に上下の感覚を持っています。

上↕下

この原理に、俳句は従っています。理想は、句の内容、書かれ様が、この原理に一致すすることです。夜半のこの句はまさしく、そのようにできています。

この句を読み、見て、水が上から落ちてくる滝というものの姿を感じ取ることになります。これこそ、眼で見る詩、視覚詩に他なりません。

この夜半の滝の句は、五七五のリズムに乗った言葉の言おうとすることと、縦一行で表されたものが見事に一致した名句と言えます。

そして、この句に滝の姿を期せずして見せているのは、一句の中のひらがなです。ひらがなは、落下する滝の水として、鑑賞できます。

このような鑑賞は、にわかに信じられないかもしれませんが、事実なのです。

他の名句もいくつか見てみましょう。

## 二　帚木に

まず、高浜虚子《たかはまきょし》（一八七四－一九五九）の帚木の名句です。

帚木《ははきぎ》に影といふものありにけり　　影　　虚子

この句、漢字は影のもとである「帚木」とその「影」だけです。その他はすべてひらがなです。上五の「に」を除くひらがなが、「帚木に影」という言葉から延びている影です。このことを虚子が意図していたかと言えば、おそらく、それはないでしょう。にもかかわらず、多くの人は無意識の内にこの句のこのあり方を感じ、違和感なく納得していたと思われます。

ところが、多くの人がこの句に納得するにはもう一つ大事な言葉さばき（レトリック）があるのです。それは、「といふもの」という言い方です。「帚木に影がある」では、句になりません。一ひねりいります。

たとえ箒の材料にするぼおっとした草でも影があるに決まっているのに、影というものがあるとわざわざ言うことで、影をひねり出しています。その結果、このひねり出され、作り出された影はこの句の中だけにある、不思議な影なのです。不思議な影の存在感に読者は無意識の内に納得したのです。＊＊

この句も、句の内容と句の形が見事に一致しています。だからこその名句です。

## 三　鶏頭の

次は、正岡子規の名句です。

鶏頭の十四五本もありぬべし　　子規

この句は「十四五本」と「ぬべし」の言葉さばき（レトリック）の意味を明らかにする必要がありますが、まず、この句の目で見た姿形《すがたかたち》について述べます。

読者のみなさんは、これまでの私の話で句の視覚詩的な見方になれてこられたと思います。だから、すぐにお分かりと思います。この句は、鶏の鶏冠《とさか》に似た赤い花を天辺に咲かせた鶏頭の姿形を、縦一行で身を以て表しています。

そして、この句の言葉（文字）でできた姿と、「ありぬべし」（きっとあるに違いない）という強い推量があいまって、鶏頭の花が確固とした形で出現しました。

もう一度言いますなら、この句の言葉（文字）でできた姿形こそが、たとえ強調されたにしても、推量にすぎない句に、写生句のように、「鶏頭の十四五本」を、しっかりと出現させたのです。

こうして、この句は、一本の鶏頭を、言葉（文字）によってその姿形を表すとともに、「十四五本も」という言葉の持つおおざっぱさにおいて、鶏頭の群れて咲く姿をリアルに表現することになりました。＊＊＊

そして、この推量の形で現れる、「写生でもない、しかし鶏頭はある」という不思議な世界を、子規ははからずも読者に見せることになったのです。

これこそが、表現の世界は、現実の世界とは違う、言葉によって作られた世界であることの証です。

まとめますと、この俳句が俳句として成り立っているのは、
① 推量「ぬべし」という言葉さばき（レトリック）
② 縦一行で独立する詩である俳句の生み出す視覚詩化という言葉さばき（レトリック）
の二つの言葉さばきの響き合いの結果なのです。

## 四　一月の川

視覚詩として完成された俳句は、先にお話ししましたように句の姿形と内容が過不足なく一致していることにあります。その一つが、次に紹介する飯田龍太《いいだりゅうた》（一九二〇－二〇〇七）の俳句です。俳句研究者にして俳人である筑紫磐井が言うところの「太陽暦の採用によって生れた明治新季題『一月』の名句」＊＊＊＊です。

一月の川一月の谷の中　　龍太

この句は、いくつもの言葉さばき（レトリック）が重ね合わさっています。

単純でありながら、いや単純であるからこそ複雑な仕組みを持った句ですので、言葉さばきの重ね合わさったありさまを箇条書きで示します。

①　対句のような構造によって、「一月の川」のイメージが「一月の谷の中」のイメージに重ね合わされ、一月の谷の中を流れる川が現れます。上にある川は、そのまま上から下に流れる川のイメージを生み出します。

②　「一月の」の一は、初雪の初と同じく、けがれのないことを表しています。

③　一番上の「一月の」が次の「一月の」に重ねて読まれることで、一月というけがれなき月が、さらに浄化され聖性をすら帯びた世界が現れます。別々に読めば同じ「一月」ですが、一つの五七五の世界で二つあることは、次の一月が強調され、さらに次元の一つ上の一月となって現れることになります。

④　「月」は一月の月ですが、夜空に掛かる月でもあります。二つの一（一　一）によって、「月の川」と「月の谷」が一句に現れます。上の月は、川面に映り流れていきます。そして、下の月は、夜の谷を照らすのです。

⑤　また、上の月は、夜の川を照らす月であり、下の月は、一月の谷の中の川に映った月でもあります。

イメージが重なる（①）

一月の川　一月の谷の中

イメージの強調（③）

この句を読んだ人は、さらに、縦一行のこの句が左右対称であることからも、まっすぐな谷と谷の中の川の姿が見えてくることでしょう。

ここにおいて、一句の姿形と言葉とが過不足なく一致し、上から下へと流れるまっさらでまっすぐな、月の皓皓と照らす一月の谷川が現れます。読者が、一読して、一句に一月の谷の中をまっすぐに流れる清浄な川を感じ取るのは、この仕組みのためなのです。美しい清らかな世界です。

このように、一月は、一のようにまっすぐな月なのです。

最後に、大岡信の名解釈を紹介しましょう。

一月の川は、この句では、まず宙に吊られてあらわれる。ごく単純なことだが、これが初五におかれていることが、いやおうなしにその感じを与える。……ついで突然、われわれの眼は真逆様に一月の雪にうもれた谷へと誘われる。宙に浮いていて、同時に谷の中を流れているのが、「一月の川」というものなのだ。この句はそういう直感的把握を伝えてくる。（「明敏の奥なる世界　飯田龍太の句」『飯田龍太の時代』思潮社、二〇〇七年）

「俳句は縦書きの詩」であることを直感的に捉えた、見事な読みだと言えます。

## 五　くちなはの

視覚詩としての俳句は、表現としての俳句の可能性を切り開いていきます。

小川双々子の句集『囁囁記』（書肆季節社、一九八一年）を見てみましょう。

くちなはのゆきかへりはしだてを曇りて　　双々子

この句は、一句自体が「くちなは」それ自体と、「くちなは」の地を這う姿の文字による形象化になっています。そして同時に、天橋立を面影とし、その文字による形象化ともなっています。

さらに言えば、「曇」という唯一の漢字は、天橋立と陸地との切れ目の形象化と見られないこともありません。また、自分の尾を呑むくちなわ、ウロボロスの蛇の頭としても読めないことはありません。これが、この句の視覚詩的な側面です。

では一句の世界はどのような世界なのでしょう。

「くちなはのゆきかへり」は、天上と地上をつなぐ天橋立伝説の天橋立を通ってなされています。仕組みから見れば、「くちなはのゆきかへり」で切れ、「はしだてを曇りて」と、「て」止めになっています。

この「て」止めから来る倒置法的気配と、「て」以下の省略の気配から、読者は、一句を読み切ることができず、読みの宙ぶらりんの状態になってしまいます。

そこで、その状態を解決するため、読者は上五に戻ろうとします。倒置法では、読者の意識は文を正常の語順に戻そうとし、省略の場合は、完全な文に戻そうと働くからです。

次のように。

くちなはのゆきかへりはしだてを曇りて
←
はしだてを曇りてくちなはのゆきかへり
←
くちなはのゆきかへりはしだてを曇りて
←

そこに現れたのは、天橋立を不安、悲しみを内に秘めて行き帰りをくり返す「くちなは」でした。その「くちなは」は、自分の尾を呑むウロボロスの蛇のように永劫回帰の運動を読者と共に一句の中で続けるのです。決して天上に昇ることなく。

この句の表す世界である「はしだて」は、いつまでも抜け出すことのできない輪廻の舞台のような様相を、「曇りて」によって帯びてきます。

そこには、「くちなは」に象徴される恐ろしい業の世界があるだけなのです。

双々子のこの句は、そういうものとしてあります。「くちなは」は、不安、悲しみに曇り、永遠に「はしだて」を言い続けるのです。

＊短歌は、俳句に比べてあまりにも長いので、視覚的にきちっと整えることが難しくなります。

正岡子規の

瓶にさす藤の花ぶさみじかければたゝみの上にとゞかざりけり　子規

は、中でも奇跡的に成立した見事な視覚詩としての歌です。詳しくは、拙著『こんなにも面白く読めるのか　名歌、名句の美』（黎明書房、二〇二一年）などをお読みください。

＊＊帚木は、ほうきの材料にした草で、ぼおっとした外形をしています。信濃国（長野県）の園原《そのはら》にあった、遠くからはほうきを立てたように見え、近寄ると見えなくなるという伝説の帚木《ははきぎ》のこととして読む、読み方もあります。『新古今和歌集』（日本古典文学大系28）の恋歌一に次のような歌があります。

園原やふせ屋におふる帚木《ははきぎ》のありとはみえてあはぬ君かな　坂上是則《さかのうえのこれのり》

（美濃の園原の粗末な家に生えている、あるようでないような帚木のように、逢えそうで逢えないあなたであることだ。）

しかし、その場合でも、この句の言葉さばき「といふもの」を踏まえて読むべきです。

＊＊＊中七の「十四五本」は、「十四五本」でないと、七音に収まりません。「四五」を除く他の数では二音にならないからです。

読者は、「十四五本」とされたこの歌を読み、イメージの中で十四五本を見るのにちょうどよい位置に自分を置くのです。そして、その十四五本が、群れ立つ鶏頭のイメージにうまく収まることを知ります。無意識に。

なお、十四五という言葉さばきについては、詳しくは「5　あいまい表現」の項を読んでください。

＊＊＊＊筑紫磐井著『季語は生きている―季題・季語の研究と戦略―』実業公報社、二〇一七年、一三九頁。

**参考文献**

・西郷竹彦著『増補・合本　名句の美学』黎明書房、二〇一〇年。

# 12 二階は異界

俳句には季語以外にも不思議な力を持っている言葉があります。「二階」もその一つです。静誠司の句集『優しい人』(ふらんす堂、二〇二〇年)に次のような句があります。

秋の風ベトナム雑貨屋の二階　誠司

「秋の風が吹いてきた！　ここはベトナム雑貨屋の二階だ。」散文にすれば、たったこれだけです。たったこれだけのことが、なぜ、一句として成り立つのでしょうか。

それは、まず、一階ではなく二階だからです。簡単に言えば、一階は地上＝現実世界、二階は現実世界の上の別の世界を感じさせます。

ベトナム雑貨屋という異国の雑貨を商う店はそれだけでも異界です。そのさらに異界が二階なのです。秋の風に吹かれることによって、その異界の異界でドラマが始まります。では、本当に二階は、異界なのか、他の句も読んで確認してみましょう。

わが家の二階に上る冬の旅　　高橋龍《たかはしりゅう》（一九二九－二〇一九）

異界である二階は、そこに上がるのも旅なのです。しかも、この人にとっては厳しい冬の旅でした。

友情の二階の壺は置かれけり　　摂津幸彦《せっつゆきひこ》（一九四七－一九九六）

二階は、現実世界＝一階を超えた異界です。友情の証が納められた、崇高な器物である壺はその二階に置かれるのです。友情というものの不可解さが二階を使って巧みに書かれています。

父と火事みてゐる二階夜の柿　　皆吉司

二階から見る火事は、ふつうの火事ではありません。この世の火事ではありません。それに火事を父と一緒に見る必然性などどこにもありません。二階とは、理屈を超えた世界、異界を見るところでもあります。

二階から手の届くところにある柿の実が、火事に照らされ、赤くてらてらと輝いて異界＝夜の風景を作っています。

二階より猫の返事や花の昼　河野けいこ

二階から猫の返事が聞こえてきました。返事ですから、下からの人の問いかけに何か答えたに違いありません。上から聞こえる二階からの猫の返事は、一階に下される異界からの声のように響きます。これはすべて花の昼という夢幻の世界の出来事なのです。

このように、二階は特別の言葉であることがお分かりいただけたと思います。また、二階をこのように意味づけることによって、俳句も不思議な世界を立ち上らせます。

# 13 結界

## 一　半円

半円をかきおそろしくなりぬ　　青鞋

阿部青鞋《あべせいあい》（一九一四－一九八九）の俳句です。

この句は、「半円」以外が、すべてひらがなで書かれているのが味噌です。このひらがなこそが、半円なのです。それも、この句の人物が、半円を書いていて恐ろしくなった書きかけの円です。ひらがなのくねくねした姿形から、人物のふるえが伝わってきます。そしてまた、そのふるえ（恐怖）を秘めた線がひらがなでもあります。

では、なぜ、この句の人物は半円を書き恐ろしくなったのでしょう。

かつて、鳴戸奈菜は、講演で、この句を取り上げました。円を書いているうちに、完全なる物の恐ろしさに気づき、おののいたのではないかと語りました。もともと不完全な物である自分が完全な物を書こうとすることへの恐れです。

その場にいた私は、深く納得したことを覚えています。

話は、ここからです。

## 二　山桜又

ある時、漢字ばかりの句の成り立ちを考えていた私の前に、阿波野青畝《あわのせいほ》（一八九九―一九九二）の二つの句が現れました。

山又山山桜又山桜　　　青畝
牡丹百二百三百門一つ　　　青畝

一つ目の「山又山山桜又山桜」は、漢字がただ並んでいるだけでなく、文章の姿をなしています。漢字ばかりの文章と言えば、漢文です。

この句は、漢文という異形の、ふつうではない日本語を装うことで、なんの変哲もない文章を現実からずらすことを試みました。そして、五七五定型にちょっと力を込めて収めることによって、俳句となりました。

俳句となった姿は、見た目にも美しいです。画数の少ない山又の間に桜という文字が映えます。また、漢文としての統一感も持って安定しています。

この句は、山又山、山桜、又山桜、と読みますが、視覚的には、山又山山と又山が目に入ります。打ち重なる山山の中に桜がぽっぽっと咲いている様子が目に見えるようです。これが、この俳句の眼目です。

そして、打ち重なる山山のイメージを二つの又は妨げていません。又は、文字の形が山並の面影を持っていますので、二つの又はどこまでもこの光景が続いていく感じを与えます。これが、

山また山山桜また山桜

ですと、打ち重なる山山の中に桜がぽっぽっと咲いている様子が見えてきません。またであるにもかかわらす、山と桜がばらばらになり一塊としての山と桜の世界が見えてこないのです。これが、このすべて漢字の句の成り立ちの仕組みです。

まず、第一の句をこのように意味づけた私は、次の牡丹の句の意味づけにかかりました。

## 三　門一つ

牡丹百二百三百門一つ　　青畝

咲き誇る百花の王、牡丹が上五に百。しかし、牡丹は百に止まりません。人物の視野には、牡丹は二百、三百と溢れんばかりです。それを止めたのが一つの門でした。

と言ったところが、作者の伝記的なことを捨てた、この句の言葉に即した文芸的な読みでしょう。ここまで読んで疑問が生まれます。「では、一句全体を見るならばこれは何なのか」ということです。一句の表す世界とはどのようなものかということです。

私は、ここで、初めに述べた阿部青鞋の句を思いました。

半円をかきおそろしくなりぬ　　　青鞋

一体、この句の人物は、何を書こうとしたのか。その答えにたどり着いたのです。鳴戸奈菜の指摘とあまり代わり映えしませんが、こういうことです。

この人は、円を途中まで書いてきて、この丸く書かれた半円が閉じるまで書き切った時に現れるかもしれないものに恐れおののいたに違いないと考えたのです。それは、私には、「結界」と呼ぶ他ないものでした。

「結界」とは、私たちの生活するふつうの世界（日常世界）を超えた、特別の力がある場です。そこは、俗世界（日常世界）の者が決して立ち入ることができない、俗というものが浄化された聖なる場です。その結界の出現への恐怖が円を書くことを半ばで断念させたのです。「をかきおそろしくなりぬ」には、結界に現れるかもしれない、自分ごときが制御できるものではないものへのおののきがあります。「おそろしく」という言葉が、おそろしきものの出現を予感して不気味です。

このように、青鞋の半円の句に結界の出現を読み取った私は、阿波野青畝の牡丹の句にも、結界を見たのです。

上の句から百、二百、三百と増え続け俗界に溢れんばかりの牡丹を、作者は、「門一つ」と、結界を張ったのです。それは、逆に言えば、絢爛たる美の世界を、俗界から隔て、俗界に汚されることを防ぐためでもありました。

「牡丹百二百三百門一つ」という句の姿形が、そのことをよく表しています。下五の「門一つ」から漢字「閂《かんぬき》」が見えてきます。

俳句の「結界」は、色々の形で現れます。

## 四　白蚊帳

鳴戸奈菜の句にも結界は出てきます。「縁の下」です。

縁の下しずかに茂る鉈に鎌　　奈菜

縁の下は、言ってみれば、四方の柱と床板に囲まれた結界です。その結界は私たちの住んでいる日常世界（俗世間）と切り離された特別の場です。そこは、人に覗かれることのない聖域です。だからこそ、音もなく静かに鉈も鎌も植物のように茂るのです。邪悪なものを寄せ付けない破邪の刃として、結界を守るために。

縁の下と同様、蚊帳もまた、結界です。

白蚊帳を四角くたたみ家を出る　　奈菜

白蚊帳という結界を、結界の形に四角く畳み、結界を解きどこへともなく家を出ていく人物がいます。白は、清浄無垢の象徴です。「蚊帳」の「蚊」が、白によって、浄化されています。

幮に寝てまた睡蓮の閉づる夢　　赤尾兜子《あかおとうし》（一九二五－一九八一）

ふつうに読むなら、四隅から吊られた幮《かや》の中に寝て、今夜もまた睡蓮の花の閉じる夢を見るという句です。睡蓮は睡る蓮と書きます。その睡蓮の花の閉じる（睡る）夢です。

この句は、上から「幮」、「寝て」、「睡蓮」、「閉づる」と、眠りに満ちています。これだけでも不思議な匂いのする句なのに、この句はさらに不思議な世界へと読者を誘います。

それは、「幮に寝てまた」のまたにあります。この「また」が、今夜もまたのまたではなく、「睡蓮の閉づる夢」を見て自らも目を閉じて眠りに就いたばかりなのに、「また睡蓮の閉づる夢」を見るのだ、と読めるからです。この幮の中に寝る人は、絶えることのない、終わりのない夢を生きているのです。

「睡蓮」という言葉（文字）が生み出す夢幻の美を夢見続ける、閉じられた世界がここにあります。

## 五　極小の結界

零《ゼロ》の中　爪立ちをして哭いてゐる　　　富澤赤黄男《とみざわかきお》（一九〇二―一九六二）

零はゼロです。空間もゼロです。しかし、零のイメージは、零の記号0が支えます。だからこそ、爪立ちをすることができるのです。0の中で。

では、この句は、なぜ、

0の中　爪立ちをして哭いてゐる

としなかったのでしょう。

それは、読者に0を心の中で思い浮かべてもらうためです。そもそも、空間としても、面積としてもゼロのところに立つなど、爪立ちをしても不可能です。それを、読者に納得してもらうには、読者に0をイメージしてもらうより方法はありません。イメージの中なら立つことができますから。

このようにして、作者は「零《ゼロ》の中」という表現を作り出しました。それによって読者の脳裏に現れたのが、0という極小の結界です。

その0の中でしか生きられない、0の中に封じ込められてしまった人物は、宙に浮くかのように爪立ちをして大泣きするより他ないのです。徹底的に自己を失い行き場を失った人物がここにいます。

このように、〈結界〉は、極小の詩、俳句には多く見られる言葉さばき（レトリック）の一つです。

郵便はがき

料金受取人払郵便

名古屋中局
承認

3000

差出有効期間
2022年1月
15日まで

460-8790

413

名古屋市中区
丸の内三丁目6番27号
（EBSビル8階）

# 黎明書房 行

## 購入申込書

●ご注文の書籍はお近くの書店よりお届けいたします。ご希望書店名をご記入の上ご投函ください。（直接小社へご注文の場合は代金引換にてお届けします。2500円未満のご注文の場合は送料800円，2500円以上10000円未満の場合は送料300円がかかります。〔税10％込〕10000円以上は送料無料。）

| | | |
|---|---|---|
| （書名） | （定価）　円 | （部数）　部 |
| （書名） | （定価）　円 | （部数）　部 |

ご氏名　　　　TEL.

ご住所 〒

| | | |
|---|---|---|
| ご指定書店名（必ずご記入ください。） | 取次・番線印 | この欄は書店または小社で記入します。 |
| 書店住所 | | |

# 愛読者カード

| ― |
|---|

今後の出版企画の参考にいたしたく存じます。ご記入のうえご投函くださいますようお願いいたします。新刊案内などをお送りいたします。

| 書名 | |
|---|---|

1. 本書についてのご感想および出版をご希望される著者とテーマ

※上記のご意見を小社の宣伝物に掲載してもよろしいですか？

□ はい　□ 匿名ならよい　□ いいえ

2. 小社のホームページをご覧になったことはありますか？　□ はい　□ いいえ

※ご記入いただいた個人情報は，ご注文いただいた書籍の配送，お支払い確認等の連絡および当社の刊行物のご案内をお送りするために利用し，その目的以外での利用はいたしません。

ふりがな
ご氏名　　年齢　　歳
ご職業　　（男・女）

（〒　　）
ご住所
電話

| ご購入の書店名 | | ご購読の新聞・雑誌 | 新聞（　　）<br>雑誌（　　） |
|---|---|---|---|

本書ご購入の動機（番号を○で囲んでください。）

1. 新聞広告を見て（新聞名　　）
2. 雑誌広告を見て（雑誌名　　）
3. 書評を読んで
4. 人からすすめられて
5. 書店で内容を見て
6. 小社からの案内
7. その他（　　）

ご協力ありがとうございました。

# 14 鬼灯

みなさんは「鬼灯」と書けば、当然、「ほおずき」と読みます。「ほおずき」と読めば、お盆に飾るあの赤くふくらんだほおずきを思います。
鬼灯の俳句はいくつもあります。これから、順に見ていきましょう。

鬼灯を買ひ親不孝を詫びにゆく　大堀祐吉

この句は、「親不孝を詫びにゆく」とありますから、ふつうに読めば、祖先の霊の安らかであることを祈りに、お盆に親のお墓に詣でるということです。そこで、数々の親不孝を親に詫びるのです。毎年くり返されていることに違いありません。鬼灯は、墓前に供えるものです。

そこで「鬼灯」の受け取り方です。もちろん「ほおずき」と読みます。しかし、読者は、漢字を目にしています。「きとう」と読まないにしても漢字の「鬼灯」が同時に読者に迫ってきます。

俳句のように小さな言葉の器では、一字一字が目に付きます。読み流すということがありません。ですから、「鬼灯」もほおずきと読みながら、同時に鬼灯という文字が目に入ってくることになります。

ふつうは、鬼灯と目に入ってきても、ことさら意識されません。大堀祐吉の句のように、ほおずきと読んで、先ほどの鑑賞の中に収めてしまうからです。

漢字で書く「鬼灯」には色々意味がありますが、まずは、お盆に死者の魂が間違いなくその家に戻ってこられるように灯される火です。ほおずきは、その色合いと言い姿形と言い、死者の魂（鬼）を導く提灯にふさわしく、それになぞらえ盆棚に飾られました。文字通り鬼灯です。

「鬼灯」は、「ほおずき」にさらに死者の魂（鬼）を導く灯火の面影を合わせ持っているのです。次のようになります。

うすものの如き鬼灯ともりけり　阿波野青畝

墓前にほおずきを供えるのもその流れです。

これで、「鬼灯を買ひ親不孝を詫びにゆく」の句の読みは完了したかのようですが、ここで終わりません。先ほど、この句の鬼灯は、墓前に供えるものだと言いましたが、この句にはどこへ行くとも書かれていないからです。「ゆく」とあるだけです。

「墓」ではないかもしれません。

「鬼」という字が付く「鬼灯」という漢字の与えるイメージが、ふつうでない世界に導いていくように感じられるのです。たしかに、「鬼灯」は、「死者の魂（鬼）を導く灯火」でした。しかし、行くところが書かれていないこの句では、超越的な力を持った得体の知れないものという日本人の「鬼」のイメージが、その逆の読みを誘っているように思えてくるのです。

お墓でなければ、この人は、買うという日常の行為をもって得た鬼灯を持ってどこへ行くのでしょう。非日常の世界が垣間見られます。

三橋鷹女《みつはしたかじょ》（一八九九‐一九七二）の次の句はどうでしょう。

うたたねの唇にある鬼灯かな　　鷹女

鷹女の句など、作者は、「ほおずき」よりも「鬼灯（きとう）」を主なイメージとして、この句を書いているのではないかと思わせます。それは、下五を、「きとう」と読むと「きとうかな」とはっきり五音になるからです。

うたた寝しているこの人の赤い唇には、鳴らし疲れた朱の鬼灯《ほおずき》がそのままであり、その赤い唇には文字通り鬼の灯が燃えているのです。鬼の灯の燃える唇で寝息を立ててうたた寝しているこの人は、どんな夢を見ているのでしょう。鬼の灯とは情念の火でしょうか。すさまじい句です。ちなみに、鬼灯は、中国では鬼火（ひとだま）を意味します。だんだん怖くなってきます。

鬼灯やまだ濡れている人の声　　なつはづき

「鬼灯やまだ濡れている」で、雨が降ったあとまだ乾ききらないで濡れたままのほおずきは、同時に、濡れたまま燃えている死者の魂を導く鬼灯です。

「まだ濡れている人の声」で、この世の人の声は、未練がましく、いよいよ艶っぽくなります。この世とあの世の交歓の句です。怖いです。

このように鬼灯を「ほおずき」と「鬼灯」の二つのイメージを重ね合わせて読むと、鬼灯の句がより怖くなります。

極めつきの鬼灯《ほおずき》の句を読んでみましょう。松山の俳人の句です。

階段の青鬼灯を濡らすなよ　岡本亜蘇

不思議な句です。

「階段の青鬼灯を濡らすなよ」という言葉を、誰がどこから投げ掛けているのか、はっきりしないのです。

それが、読者を不可解な世界へと誘います。言い換えれば、「階段の青鬼灯を濡らすなよ」という言葉は、この句を、見慣れた情景として読者に想像させないのです。

情景として読者に想像させないとは、俳句を、ふつうの文章（散文）に戻して鑑賞するような読み方ができないことです。

できない時は、この句を形作っている言葉に即して、ありのままに読むことです。

では、「青鬼灯《あおほおずき》」は一体なんでしょう。

「青鬼灯」の「青」は当然、まだ熟していないことを意味する「青」です。

階段の所に青い熟していないほおずきがありますが、それは、同時に死者の霊を導く朱のほおずきとくらべて、たよりなげに青白く点っている鬼灯です。

霊が階段を上ってくるのを、気遣いながら誰かが待っているのです。「階段の青鬼灯を濡らすなよ」と。灯は濡れれば消えますから。

その誰かの声は、まるでこの世の外から響いてくるような言葉のようです。十七音には書かれていません。

私には、この声の主は、先に死んだ死者の霊のように思われるのです。先に死んだ死者の魂が、この世の人間に「青鬼灯を濡らすなよ」と念を押しているのです。新しい死者の魂を迎えるために。

青鬼灯が、二つの異なる世界を上下に繋ぐ通路としての階段に置かれているのはとても象徴的です。

訓読みと漢字のイメージの重なりによって、豊かな世界を生み出す俳句の面白さについてお話ししました。

## 付記

鬼才と言われた唐の詩人、李賀《りが》の詩「南山《なんざん》の田中《でんちゅう》の行《うた》」では、

**鬼燈漆《きとううるし》の如《ごと》く松花《しょうか》を照らす**

と、異様な光景が詠われています。「鬼燈が漆のように真っ黒な光で松の花を照らしている」というのです。ここで言う「鬼燈」とは鬼火であり、死者の霊魂のことです。

李賀の詩「南山の田中の行」について、詳しくは、「22　俳句と漢詩の言葉さばき（レトリック）―小川双々子から李賀へ」をお読みください。

# 15

# 意味づけ

俳句は読まれること、つまり意味づけられることで、俳句になります。ですから、読者による意味づけの違いで、同じ俳句でもまったく違う俳句になります。

たとえば、次のような小学五年生の俳句があります。

節分や私の鬼はどこへゆく　　小島光丘

「私の鬼は」とありますから、おそらく、作者は、家族で節分の豆撒きをしたことを詠んだのでしょう。

家族みんなで「鬼は外」と、家から追い出した鬼たち。その内の「私」が豆で追い出した鬼は、この家を追い出され一体どこへ行くのだろうと、ちょっぴり鬼に同情しているのです。と、ふつうはこのように読まれることでしょう。

　しかし、このようにも読めないでしょうか。

「私の鬼」とは、文字通り「私の鬼」と。鬼を、私の心の中の、よこしまな心と読むのです。「私」が追い出した私の心の中の鬼は、いったいどこへ行くのだろう、と「私」は心配しているのです。もしやまた、「私」に戻ってくるのではないかと。

　人は、誰でもよこしまな心を持っています。もちろん、この文を書いている私、武馬も持っています。そのような人の心の深淵を垣間見た俳句になって、私たちの前にこの句は現れたのです。俳句の力を、まざまざと見せつけられた句です。

　この句から作者の気持ちや、作った時の様子を読みとろうとするだけでは、俳句の鑑賞として、不十分であることはお分かりいただけたと思います。

　言葉によって表された一つの世界として、読者が俳句に関わっていくことが大切です。その中から自分の読み方が生まれてくるはずです。

　ところで、このように作品の意味づけによって、作品世界のあり方ががらっと変わるのは、俳句だけに限りません。川柳でもそうです。川柳作家の芳賀博子の句集『髷を切る』（青磁社、二〇一八年）に、このような句があります。

# もうすでに絶滅とあり鳥図鑑　　博子

「もうすでに絶滅とあり鳥図鑑」ですから、この句を読んだ人は、ふつう、「もうすでに一羽も生きていない鳥が図鑑にある感慨と、もうすでに一羽も生きていない鳥であるのに図鑑にあるその不思議さ」を感じることでしょう。

しかし、この句はそこで終わりません。いや、終わらせてくれないのです。読み直してみましょう。そこには、絶滅した鳥が特定の鳥だけではないことが見えてきます。

この句は、「もうすでに絶滅とあり」という、鳥図鑑を見ている人物の感慨で切れています。そのため、その感慨は、鳥図鑑そのものに向けられた言葉であるかのように読むことができるのです。

そのように読んだ時、絶滅したのは決して特定の鳥たちだけではないことになります。すべての鳥が絶滅していたのです。このようにこの句が意味づけられた時、鳥図鑑は絶滅した鳥類という類の図鑑として現れるのです。

俳句や川柳という極小の文芸は、読者による意味づけによって、常日頃われわれが見えない世界を見せてくれます。

## 16

# 核に立ち向かう

原爆（核）三部作と私が呼ぶ俳句があります。次の三句です。

広島や卵食ふ時口ひらく　　西東三鬼

地平より原爆に照らされたき日　　渡邊白泉

暗い地上へあがつてきたのは俺かも知れぬ　　鈴《すず》木《き》六《む》林《り》男《お》（一九一九－二〇〇四）

三鬼は、いのち（卵）を無感動に飲み込む場である核の後の広島を書きました。下五の口の字の空虚さを思ってください。

六林男は、核の後の消滅した私が見ている消滅してしまった私を書きました。実は、「俺」などどこにもいないのです。俺は「いるかも知れない」ものでしかありません。

では、白泉はどうでしょう。白泉の句の人物は、原爆に立ち向かおうとしています。しかし、立ち向かってもどうしようもありません。しかし、立ち向かおうとしています。

この句の眼目は、原爆を単に浴びるのではなく、自ら進んで原爆に照らされようとしているところです。照らされるは、「月の光に照らされる」と使われるように、照らされることによって、明るく、美しく輝くことへの期待が込められています。

この白泉の句の人物は、おろかしい人類の罪を一身にかぶって原爆に照らされようとしているのです。原爆に照らされることで、明るく、美しく輝こうというのです。

原爆の世の絶望の果てに見出した、一瞬の美を求める句です。

私は、芳野ヒロユキの句集『ペンギンと桜』（南方社、二〇一六年）の次の句を読む度に、この白泉の句を思い出します。

八月のピカを遮るアンパンマン　　ヒロユキ

一九四五年八月に、広島、長崎に落とされた原爆「八月のピカ」。その八月のピカに対して時空を超えて、スーパーマンのいでたちで原爆にストップを掛けるかのように、立ちはだかるけなげなアンパンの化身アンパンマン。

この、大衆的な漫画などを素材にしたポップアート顔負けの句に登場する、子ども向け絵本のヒーローに、白泉の句の中の原爆に照らされたいと原爆に立ち向かう人物を重ね合わさずにはおれないのです。

そこにはおどろくほど似ている彼らの姿勢があります。かなわぬとは分かっていても、わが身を捨てて原爆に立ち向かおうとする姿勢があります。

それはまた、花田清輝が五十年前に書いた「ナマズ考」を思い出させました。「ナマズ考」とは、室町時代の地震が多発したころの絵「瓢鮎図《ひょうねんず》」（鮎とはナマズのことです）を読み解いたものです。「瓢鮎図」は、禅僧の如拙《じょせつ》という人が、瓢箪でナマズをとらえようとする男を描いたものです。花田は、その絵の何の意味も無い愚行とされていた、瓢箪でナマズを押さえようとする男の姿に光を当てました。

彼はこう言います。


不可能の可能性を信じて、瓢箪でナマズを押さえつけようとする騒々しい男のなりふりかまわぬ無分別な行動をせせら笑おうとはさらさらおもわない。くりかえしていうが、そこには、個人主義の枠のなかにおさまりきれない、やむにやまれぬ何かがある。(「ナマズ考」『日本のルネッサンス人』朝日新聞社、一九七四年、一一八頁)

ちなみに「瓢箪でナマズを押さえる」はことわざになっています。ぬるぬるしたウナギを、丸いつるつるした瓢箪で押さえようとすることから、ぜんぜん要領をえないことを言います。

その要領をえないことを、あえてすることから、時代を超える何かが生まれてくるのではないか、と花田は言っているのです。

その姿勢が尊いと。

# 17 古典と現代

『花見車《はなみぐるま》』＊という元禄時代の俳句の本を読んでいましたら、次のような句に出会いました。

僧ひとり辛崎へ乗《のる》しぐれ哉　三井秋風《みついしゅうふう》（一六四六－一七一七）＊＊

意味は、「僧がひとり辛崎《からさき》へ舟に乗ってゆく。その乗ってゆく僧の墨染めの衣を濡らす時雨だなあ。」といったところでしょうか。

辛崎は、近江八景の一つ「唐崎《からさき》の夜雨《やう》」で名高い唐崎です。琵琶湖のほとりのこれぞ美しさの極みといったものを八つ選んだそのうちの一つです。

この句から、森澄雄《もりすみお》（一九一九－二〇一〇）の名句を思いました。

## 炎天より僧ひとり乗り岐阜羽島　澄雄

私は、似ていることをあげつらうつもりはありません。

なぜなら、澄雄の句は、「僧ひとり」と「乗」はそのままにして、「しぐれ」（冬）を「炎天」（夏）に、地名を「辛崎」（滋賀県）からとなりの岐阜県の「岐阜羽島《ぎふはしま》」に変換すればできあがり、といったものではないからです。

秋風の句は、「唐崎の夜雨」の「夜雨」を「しぐれ」にし、もう一つの近江八景、三井寺（園城寺《おんじょうじ》）の夕方の鐘の音「三井《みい》の晩鐘《ばんしょう》」を面影にした手柄だけですが、澄雄の句には、何よりも「炎天より」があります。

ひとりの僧が、東海道新幹線岐阜羽島駅の炎天下のプラットホームより列車に乗ったと読んでは、身もふたもありません。文字通り、炎を上げて燃え盛る天よりひとりの僧が、列車に乗ったと読むのです。炎天という天から僧がひとり乗るわけです。

一番上（上五）に置かれた炎天、炎の天から乗った墨染の衣の僧の消えた後には、何事もなかったかのように一番下（下五）に置かれた現《うつつ》の岐阜羽島があるばかりなのです。

しかも、面白いのは、この現の岐阜羽島も、この句の中では、東海道新幹線岐阜羽島駅のイメージから飛び立とうとしていることです。ただ、完全に飛び立てるかどうかは、分かりませんが。

ともかく、夢か現か幻《まぼろし》かの世界がここにはあると言えます。

＊雲英末雄・佐藤勝明校注『花見車・元禄百人一句』岩波文庫、二〇二〇年。『花見車』は、芭蕉が亡くなった八年後の元禄十五（一七〇二）年に、京都で出版されました。

＊＊三井秋風。越後屋（三井財閥の元）一門で、北村季吟《きたむらきぎん》などに師事した俳人。家業をほったらかし、遊び暮らしました。京都の鳴滝《なるたき》の別荘「花林園」には、文人墨客が出入りしました。

芭蕉も貞享二（一六八五）年二月下旬ごろ訪れ、半月滞在し、次のような句を作っています。

梅白し昨日や鶴をぬすまれし　　芭蕉（『野ざらし紀行』）

（ここ花林園には美しい白梅は咲いているが、梅とセットのはずの鶴が見えない、私が来る前に盗まれたのかな。）

『野ざらし紀行』には、この句の四つ後に「湖水眺望」と題して、問題作、

辛崎の松は花よりおぼろにて　　芭蕉

が置かれています。

『野ざらし紀行』が世に出たのは、元禄十一（一六九八）年刊行の芭蕉作品集『泊船集《はくせんしゅう》』（伊藤風国編）によってです。

# 18

# 倒装法

ある日、

髪として欲望の朝を洗いけり　　高橋比呂子

という不思議な句に出会いました。

これは一体どのように読んだらよいのでしょうか。そのヒントが、芭蕉の句にあります。

それは「年老いた杜甫に思いを寄せる」という漢文調の句です。杜甫は、芭蕉が尊敬した古人の一人で、唐（中国）の大詩人です。

憶《おも》フ二老《ろう》ー杜《と》ヲ一

髭風ヲ吹テ暮秋歎ズルハ誰ガ子ゾ　芭蕉

句意は、「吹く風が髭を巻きあげるにまかせ、ひたすら終わろうとする秋を悲しんでいるのは、いったいどこの誰か。」といったところでしょうか。

ところで、この句なんだかおかしいと思いませんか。「風髭ヲ吹テ」なら分かりますが、「髭風ヲ吹テ」になっています。

実は、これは、漢詩の言葉さばき（レトリック）の一つで、〈倒装法〉と言われるものなのです。一種の強調表現です。

要するに、「髭風ヲ吹テ」と言いますと、読者は一瞬面食らいますが、すぐさまふつうの言い方「風髭ヲ吹テ」を思います。そして、その「風髭ヲ吹テ」と「髭風ヲ吹テ」が渾然一体となるわけです。

風が髭を吹いているのか、髭が風を吹いているのか、分からないような不思議な世界を作り出すというわけです。

この芭蕉の使った〈倒装法〉を高橋比呂子の句も使っていますので、なんだか変なわけです。では、高橋比呂子の句を倒装法として意味づけ、まずふつうの語順に直してみましよう。

朝欲望の髪を洗いけり

となります。この句が倒装法によって強調されたものが、

髪として欲望の朝を洗いけり

というわけです。こうすることによってめくるめく官能の世界が現れます。

これは芭蕉の、髭か風かどちらが吹いているのか分からず、秋を嘆くのがどこの誰だか分からず問いかけるような、不思議な世界に通じるものがあります。

すなわち、髪と化した人物が欲望のまとわりついた朝を洗い、同時に、朝、欲望がまとわりついている髪を人物が洗い流す世界です。

最後に芭蕉に戻って、倒装法の話を終わります。先ほどの漢文調の句より後の句で、ずっと洗練された倒装法の句です。

鐘消《きえ》て花の香は撞《つく》夕《ゆうべ》哉《かな》　芭蕉

この句は、このままでも読めるようにできています。「鐘の音が消え静寂が訪れると、桜の花の香りが急に鼻を撞く夕暮れであることだ。」です。でも香りが鼻を撞くなら、つくとひらがなにし掛詞にするはずです。それを、この句はわざわざ「撞」と漢字にしてありますので、やはり、

鐘撞《つき》て花の香消《きゆ》る夕哉

の倒装法的表現を意図しているに違いありません。

この「鐘撞て」の句の面影を倒装法の句に重ね合わせますと、夕暮れの鐘の音が消え去り、代わって花の香が鼻を撞き、また鐘が撞かれると、花の香が消え去るという、いつまでも続く世界が現れるのです。俳人たちはそれを楽しみ面白がるわけです。

倒装法でも、様々に読めるところが楽しいです。

# 19 不思議のリズム――自由律俳句

自由律俳句独特の不思議なリズムは、五音・七音・五音からなる俳句の定型通りにできていないために起こります。

定型通りにできていない自由律の俳句を、五・七・五の俳句の定型に合わせて読もうとする読者の気持ちが、自由律の不思議なリズムを生み出します。

まずは、最初の上五に当たる言葉を、五音で読もうとする気持ちが働きます。では、実際に自由律俳句を読んでみましょう。

尾崎放哉《おざきほうさい》（一八八五－一九二六）の句です。


花がいろいろ咲いてみんな売られる　　放哉

「花がいろいろ咲いて」が上五に当たりますので、上五の五音を読む時間で「はながいろいろさいて」の十音を読もうと意識が働き、かなり速く読むことになります。それは、花を見ている人の花に寄せるやむにやまれぬ切迫した気持ちを表すことになります。

中七と下五に相当する「みんな売られる」は、「みんな」と「売られる」に分かれそうで分かれません。分かれるだけの言葉の力がそれぞれないのです。

結局は、一緒になって読まれます。一緒になって「みんな売られる（七音）」と読まれる時、上五の「花がいろいろ咲いて（十音）」が読まれた時間と同じ時間に読まれようとしますので、少しだけ「花がいろいろ咲いて」よりゆっくり読まれます。

中七、下五に当たる「みんな売られる」の読む速さの微妙な遅さが、花を見ている人の花に寄せる微妙な心の動き（悲しみ）を表すことになります。

このように、自由律俳句「花がいろいろ咲いてみんな売られる」の不思議なリズムが生まれます。

先の放哉の花の句にならって、松山の自由律の俳人、高橋一洵《たかはしいちじゅん》（一八九九－一九五八）の句を味わってみましょう。

逢うて雪ふる別れの雪ふる　一洵

ふる雪が二人の逢瀬を美しいものにしています。逢う時の雪はふつうにふり、別れの時の雪は、二人の昂る感情を表すかのように少し速くふります。

別れの雪が速くふるのは、われわれがこの句を読む時、「おうてゆきふる」の七音より、「わかれのゆきふる」の八音を速く読むことになるためです。これは、放哉の句と同じように上の「逢うて雪ふる」の七音を読む時間と同じ時間で「別れの雪ふる」の八音を読もうとするからです。（一度試してください。）

この句のいのちは、七音・八音の仕組みです。

ちなみに、雪降るではなく、雪ふるになっているのは、ふるが一ひら一ひらの雪の姿だからです。しみじみとした句です。

まとめてみましょう。

五七五の定型ですと、中七が上五と同じ時間で読まれようとして上五より少し速く読まれます。その結果、上五・中七・下五はきれいにそれぞれ同じ時間で読まれます。（厳密

に同じ時間というわけではありません。そう感じられるのです）
そのため、五七五の定型を読む場合の心地よさが生まれます。
自由律も、基本的には、五七五に相当するところが、同じ時間で読まれようとしますが、五七五にあたる音数が五七五にぴったり合っていませんので、上五・中七・下五といった三つの句にはっきり分かれない場合もあります。
そのことも含め、自由律のそれぞれの句は、一種のさびしさを漂わせる不思議なリズムを持つことになります。それがまた味わい深いわけです。

**参考文献**


・菅谷規矩雄著『詩的リズム―音数律に関するノート―』大和書房、一九七五年。

## 20

# ＡＩと名句の誕生

近年、ＡＩ（人工知能）＊に俳句を作らせたり、ＡＩが作った俳句から人間が秀句を選び出したりすることが行われていますが、最終的には、ＡＩに人間以上の名句を作らせるということは、なかなか魅惑的なテーマです。

しかしながら、人間の作る俳句の将来に不安をおぼえる方もおられるのではないかと思いますので、私の考えを少しお話しします。

まず、世に名句と言われるものは、生まれ出た時から名句であるわけではありません。それ自体は名句ではないのです。

歴史的に見て、すぐれた読者のすぐれた読み（意味づけ）によって名句は名句になっています。

もともと俳句は、読者に意味づけられることによって俳句になります。俳句は、個性を持った読者に読まれることによって、一つの個性的な世界を持ったものとして意味づけられ、一個の俳句になりますので、当たり前のことですが。

ですから、俳句作りに特化されたエキスパートＡＩであっても、名句それ自体を生み出すことはできません。五七五の音に載せて、単語を、より俳句らしく配列するだけです。ＡＩの作った俳句が名句かどうかは、ひとえに選と読み（その俳句の意味づけ）にかかっています。意味づけが陳腐で、人を感動させなければそれまでです。（意味づけについては、一〇八頁参照）

私が初めてＡＩ俳句に触れたのは、二〇一九年のことでした。現代俳句協会機関誌『現代俳句』のその年の八月号です。そこには、「解説―ＡＩ俳句とその周辺」という栗林浩の興味深い文章がありました。

この栗林の文章は、二種類の俳句ロボットの比較で論が進められていました。そのうちの一茶《いっさ》くんに惹かれました。模範となる俳句として人間によって判断された膨大なデータ（教師データ）を機械的に学習し、確率的によりよい句を生み出す脳力を持ったエキスパートト俳句ＡＩです。

もちろん、教師データは、有季定型（季語があり五音七音五音でできている）の俳句です。現在は、有季定型以外のものに対応する能力がないからです。

栗林の文章を読んだ私は、「ＡＩと名句の誕生」を書き、俳誌『ロマネコンティ』二〇四号（二〇一九年九月）と二〇七号（二〇一九年十二月）に発表しました。以下は、最近出た川村秀憲・山下倫央・横山想一郎共著の『人工知能が俳句を詠む―ＡＩ一茶くんの挑戦―』（オーム社、二〇二一年七月五日）も参照して、それを一部加筆訂正したものです。

## 一

この時点のＡＩ一茶くんは、次のような俳句を生成（「生成」については、一四一頁参照）していました。

二〇一八年七月「ＡＩのＭＩＲＡＩ、俳句の未来　俳句対局in北海道大学」のしりとり俳句競技がありました。そこで、ＡＩ一茶くんが、人間チームと対決の末、最高得点8・5点を獲得した句です。（総合点では、人間チームの勝ち）

かなしみの片手ひらいて渡り鳥　　ＡＩ一茶くん

一読、演歌を思わせますね。

ＡＩ一茶くんが瞬時に作った多数の俳句から、開発担当者が選んで出句したそうですが、その開発担当者は、もしかしてカラオケで演歌を愛好されている方かもしれません。

この句の具体的な選評＊＊が分からないので、はっきりは言えませんが、人間の句、

金箻屍の跡へ置く小花　高須賀あねご
ホルン吹く放課後の大夕焼かな　三瀬明子

の8点を抑え、わずか0・5点差ながら最高点になったのには、このイベントの参加者も多分に演歌愛好家が多かったということでしょうか。また、この会場が北海道であったという地理的、風土的なものも影響していたのでは、と思わせるところも興味深いです。

さて、私のこの句に対する意味づけ（＝読み）ですが、かんたんに言うと、このＡＩ一茶くんの句の世界は、従来の感傷的な演歌の枠を一歩も出るものではないということです。よって、ＡＩ一茶くんの句は、私の中では名句たりえないというわけです。

くり返しますが、ＡＩの作った句であろうとなかろうと、名句になるためには、すぐれ

た読者のすぐれた読みが必要になります。名句になるハードルはなかなか高いのです。

次は、名句が読み＝意味づけによって作られるという例をお話ししたいと思います。

## 二

筑紫磐井が、子規一代の名句と言う、

鶏頭の十四五本もありぬべし　　子規

が、子規を含め十九人が参加した明治三十三（一九〇〇）年九月九日の句会では、ほとんど点が入らなかった（二点）のは有名な話です。(1)

さらに言えば、虚子（彼もその句会にいたのですが）は、生涯、虚子編の「子規句集」にこの鶏頭の句は入れませんでした。

この日は二回句会が行われ、二回目が、一題十句、席題は「鶏頭」。

子規の句は、「鶏頭の十四五本もありぬべし」を除いて、「鶏頭の花にとまりしばつたかな」のような嘱目（写生）風の句ばかりでした。

子規の句はさえず、二回目の高点句は、「施しの灸する家や鶏頭花　麦圃」などでした。

これは、大岡信が『子規・虚子』(2)で言うように「鶏頭の十四五本もありぬべし」は、写生句でなかったためであると思われます。

「ありぬべし」（きっとあるに違いない）とこの句は、強い推量で言い切られています。これがこの句の真骨頂なのに、その場のほとんどの俳人が句のよさを感じ取ることができなかったのです。それは「写生」という観点以外に俳句を意味づけることができなかったからです。

「ありぬべし」（きっとあるに違いない）と強い推量で言い切ることによって、写生という言葉さばき（レトリック）を使わずに、現実にはない「鶏頭の十四五本」のある世界を、言葉によって出現させる方法＝言葉さばきが、ここに出現しています。(3)

言い換えれば、存在しないが、しかしありありと有る「鶏頭」というものを五七五上に作り出したのです。「鶏頭の十四五本」はこの五七五上において、「ぬべし」によって現れたものなのです。

このように、新しい表現法が使われた句を意味づけるためには、新しい読みの観点が必要となります。

## 三

子規の「鶏頭の十四五本もありぬべし」が名句になるには、長塚節《ながつかたかし》（一八七九－一九一五）と、斎藤茂吉《さいとうもきち》（一八八二－一九五三）の評価を待たねばなりませんでした。ただ、長塚節の評価がどこにあったのかは、斎藤茂吉の「長塚節氏を憶ふ」（大正四〔一九一五〕年三月）に「正岡先生の晩年の句の『鶏頭の十四五本もありぬべし』が分かる俳人は今は居まいなどと云つた」(4)とあるだけで、分かりません。

しかし、その理由を「『未来へのまなざし』—『ぬべし』を視座としての『鶏頭』再考—」で、松王かをりが長塚節の「ぬべし（きっと〜に違いない）」の歌に求めているのは、私とは観点が違いますが、注目すべきことです。(5)

こほろぎははかなき蟲か柊のはなが散りても驚きぬべし　　長塚節

明治四十（一九〇七）年

松王が引いているこの歌においては、現実にはいない「柊のはなが散りても」驚くこおろぎを、「ぬべし」が、見事に出現させているのです。「ぬべし」という強い推量によってこそ、現実にはない、純粋な言葉の世界を生み出したということです。松王は、それを「未来の景を推量しているのである」(5)と言っています。(6)

この「ぬべし」の言葉さばき(レトリック)を知っていた長塚節が、子規の「鶏頭」の句を評価したとするならば、大いにうなずけるところです。

斎藤茂吉の評価の内容は、もう少し分かっています。その著『正岡子規』(昭和十八年)の五六頁に次のようにあります。

子規は晩年芭蕉の句にもおもはせぶりを感じ巧みを感じ厭味を感じたのであるが、芭蕉は新古今時代の幽玄を味つても万葉時代の純真素朴端的の趣が分からなかつた。そこで芭蕉には、『鶏頭の十四五本もありぬべし』の味ひが分からない。従つて芭蕉を浅薄に理解して芭蕉を崇び子規を貶す人々もまたこの端的単心の趣が分からないのである。(7)

茂吉はここで、鶏頭の句は、「純真素朴端的の趣」「端的単心の趣」のある句であると言って、評価しています。茂吉はこの本で、「病牀六尺」六月二十八日（明治三十五〔一九〇二〕年）の写生文について語ったところを引きながら、子規は、写生文における写生では精密に書くことを勧めていますが、

　然るに、短歌の場合には必ずしもさうは行かない。つまり短歌には、『単純化』の実行といふことが大切になつて来る。或る場合には極めて細かくも写すが、一首全体としてはこの単純化の大切なことは極めて明瞭である。そんなら子規は写生といふことと単純化といふこととをどういふ具合に短歌に当嵌めてゐたかといふに、それは実行に際しておのづから実行して居るのである。（『正岡子規』二二〇頁）

と述べています。そして、明治三十三年の「五月二十一日朝雨中庭前の松を見て作る」連作十首から、次の二首を引いています。

もろ繁る松葉の針のとがり葉のとがりし処白玉結ぶ　　子規

庭中の松の葉におく白玉の今か落ちぬと見れども落ちず　子規

思わせぶりも巧みさも無い万葉集の歌いぶり「純真素朴端的の趣」「端的単心の趣」、先の茂吉の言葉で言えば、歌いぶりの「単純化」こそ、短歌のこれからのあり方と考えた茂吉にとって、子規の「鶏頭の十四五本もありぬべし」こそは、俳句における単純化が極限まで実行されたものと、感じ取り、称えたのだと思われます。

では、茂吉の場合、この「端的単心の趣」「単純化」は、どのような歌となって結実したのでしょうか。ご参考までにご紹介しましょう。

茂吉の歌論『童馬漫語』の一一〇頁にこのような文章があります。

（伊藤―武馬）左千夫先生追悼号の終いの方に予は『秋の一日代々木の原を見わたすと、遠く遠く一本の道が見えてゐる。赤い太陽が団々として転がると一ぽん道を照りつけた。僕らはこの一ぽん道を歩まねばならぬ。』と記してゐる。このやうな心を出来るだけ単純に一本調子に直線的に端的に表現しようと思つたのである。（傍線―武馬）（大正三年四月二〇日）(8)

これは、自分の歌の表現法の新しさを説明した「58『命なりけり』といふ結句」の一節です。この文章で説明した歌こそ、歌集『あらたま』（大正十年）に収録された名歌、

あかあかと一本の道とほりたりたまきはる我が命なりけり　　茂吉

でした。

## 四

このように、ある俳句が名句になるには、従来にない観点を持ったすぐれた読者による意味づけが必要になります。

この鶏頭の句の場合は、すぐれた歌人斎藤茂吉の文章が伝えた、すぐれた歌人長塚節の発言と、茂吉自身の鶏頭の句への意味づけの言葉「純真素朴端的」「端的単心」が、この句を世に出すきっかけになったのです。

今、俳人は、ＡＩ俳句とどう関わるかが問題になっています。そこで、ＡＩ俳句に関連

させて俳句における読みの大切さについて、私の考えの一端を子規の名句「鶏頭の十四五本もありぬべし」を引いてお話ししました。

＊人工知能：学習・推論・判断といった人間の知能のもつ機能を備えたコンピュータ・システム。(三省堂スーパー大辞林3.0)

＊＊『人工知能が俳句を詠む』の一九二頁に、一応「審査員に『芸術的・技術的に評価できる、魅力がある』という評価をいただいたことになり」とはありますが。

**引用文献**


(1)『定本高濱虚子全集』第2巻、毎日新聞社、一九七三年。
(2) 大岡信著『子規・虚子』花神社、一九七六年。
(3) 西郷竹彦著『増補・合本　名句の美学』黎明書房、二〇一〇年。
(4) 斎藤茂吉「長塚節氏を憶ふ」(一九一五年)『現代日本文学大系　斎藤茂吉集』筑摩書房、一九七一年二刷。初版は一九六九年。
(5) 松王かをり「『未来へのまなざし』—『ぬべし』を視座としての『鶏頭』再考—」(第37回現代俳句協会評論賞受賞作〈二〇一七年〉) 現代俳句協会HP。

（6）ちなみに、松王は、子規の鶏頭の句を次のように意味づけています。
「私は、『鶏頭』の句は、眼前に咲く庭の鶏頭を見ながら、過去（とりわけ一年前）の鶏頭を思い出し、その『過去』を根拠としながら、『未来』、それも自らが不在となった庭の鶏頭を重ね合わせた句だと考えるのである」と。
松王は、長塚節の「ぬべし」の歌を他に一首引いています。死の前年の歌です。

時雨れ来るけはひ遙かなり焚き棄てし落葉の灰はかたまりぬべし　長塚節
大正三（一九一四）年

私が『長塚節全集第参巻　長塚節歌集』（春陽堂、一九二六年）に当たったところ、長塚節の「ぬべし」が最初に出てくるのは、子規の亡くなった翌年の「菩提樹」の歌でした。親鸞のお手植えの菩提樹を詠んでほしいと住職に頼まれ作ったと詞書にあります。

菩提樹の小枝《さえ》が諸葉のさやさやに鳴るをしきかば罪も消ぬべし　長塚節
明治三十六（一九〇三）年

長塚節の歌の制作年は、「長塚節全集」に拠《よ》ります。
（7）斎藤茂吉著『正岡子規』創元社、一九四三年。
（8）斎藤茂吉著『歌論　童馬漫語』春陽堂、一九二五年五刷。初版一九一五年。

# 21

# 芭蕉とAI一茶くんの俳句の優劣

最近出た『人工知能が俳句を詠む―ＡＩ一茶くんの挑戦―』[1]を読み始めたら、「はじめに」に次の二句が挙げられていました。

見送りのうしろや寂し秋の風
病む人のうしろ姿や秋の風

そして、著者はこう言います。

実はこれらの句のうち、一方は『奥の細道』で有名な松尾芭蕉が詠んだ句であり、もう一方は私たちが開発した人工知能「ＡＩ一茶《いっさ》くん」で生成*した俳句です。これらの俳句をぱっと見て、どちらが芭蕉の句で、どちらがＡＩ一茶くんの句か見分けがつくでしょうか。もし見分けがついたなら、なぜそのように思われたのでしょうか。

＊人工知能は自発的に俳句を詠めないので、「詠む」の代わりに使われた言葉。

と読者に挑戦状がつきつけられます。そして、「芭蕉と人工知能の俳句の答えと解説は、本書のおわりにで説明したいと思います」となるわけです。

私は、その答えにたどり着くまで延々とを読み進みました。それは、この本が俳句についてどのような考えを持っているのか知り、それをもとに答えが読みたかったからです。

しかし、その答えは、私を満足させるものではありませんでした。

本文の二五四頁から二五五頁には、次のようにあります。

さて、冒頭の俳句クイズに戻りたいと思います。本書を読み進めていった中で皆さんはどう考えたでしょうか。長らくお待たせした正解はこちらです。

見送りのうしろや寂し秋の風　　松尾芭蕉

病む人のうしろ姿や秋の風　　　ＡＩ一茶くん

芭蕉は「笈《おい》の小文《こぶみ》」の旅の帰り道で名古屋に滞在中、門人である岡田野水《やすい》が上方に出発したときに餞別吟としてこの俳句を詠んだと言われています。野水の旅立ちを見送っていると、そのうしろ姿に寂しさが募り、秋風がなお一層身に沁みる。見送られる人よりも見送る人がより一層寂しさを感じるという微妙な心情を表現した句です。

と、解答と芭蕉の句の解釈がまず示されます。これに対して、自らが開発したＡＩ一茶くんが生成した句に対しては、次のように語られます。

一方で、一茶くんの俳句はディープラーニングで学習した過去の言葉からたまたま現れた組み合わせであり、それ以上でもそれ以下でもありません。芭蕉と一茶くんの句に対する解説を知る前と後では、みなさんの俳句に対する評価は変わりましたか。それとも、俳句の作者、解説と俳句の価値は独立で、特に評価は変わりませんでしたか。

この二つの答えにあたる文を読んで、おかしなことに気づきませんか。それは、この「秋の風」の二句について、「はじめに」に書かれた「これらの俳句をぱっと見て、どちらが芭蕉の句で、どちらがＡＩ一茶くんの句か見分けがつくでしょうか。もし見分けがついたなら、なぜそのように思われたのでしょうか」について答えられていないのです。

まず、芭蕉の句の鑑賞は、俳句を言葉に従って忠実に読まずに、「芭蕉は『笈の小文』の旅の帰り道で名古屋に滞在中、門人である岡田野水が上方に出発したときに餞別吟としてこの俳句を詠んだと言われています」というように、この句の詞書「野水が旅行を送りて」に大きく拠りすぎているように思われます。（しかも、読者はこのことを知りません）

そのためか、なぜ、この句から、「見送られる人よりも見送る人がより一層寂しさを感じるという微妙な心情」を読み取れるのか、句の言葉に即しての説明がありません。それが、この解答を分かりにくくしています。せっかく、著者が参考にした今栄蔵校注の『新潮古典文学集成　芭蕉句集』（新潮社、一九八二年）より一歩進んだ解釈なのに残念です。

そして、さらに残念なことに、俳句の言葉に即して見れば一目瞭然のことが、見逃されているのです。それは、芭蕉の句では、一茶くんの句のように「うしろ姿」になっていません。「うしろ」です。この「うしろ」を「うしろ姿」と解釈するなら、

見送りのうしろ姿や寂し秋の風
病む人のうしろ姿や秋の風

と、二句とも同じ仕組みになってしまいます。さらに、芭蕉とAＩ一茶くんの俳句のペアを選んだ若林哲也の言っているように、

今回の二句の場合は使われている季語がどちらも「秋の風」でした。季語が、本意・本情として寂しさのイメージを持っているので（一つの「共有知識」ですね）、ある程度俳句をやっている人は、「寂し」は不要だろう、こちらが一茶くんの俳句だろうと思ったのではないでしょうか（註　こういった基準での選を一茶くん自身ができるようになると良いのかも知れませんが、これまた難しいところです）。（『人工知能が俳句を詠む』二五六頁）

といった「寂し」のいるいらないの水準の選になってしまいます。
未熟な一茶くんの句に、それにふさわしい？「寂し」を仮に入れたとしても、「寂し」

のない句とレベルは変わりません。

病む人のうしろ姿や寂し秋の風

大事な違いは、些末な表現上のことではありません。世界の捉え方です。二つの句を、対等に俳句の言葉に即してきちっと読み比べるべきです。一茶くんの句が悪いならどこが悪いのか、句に即して述べる必要があります。

それを、一茶くんの句をきちっと読まずに、「一茶くんの俳句はディープラーニングで学習した過去の言葉からたまたま現れた組み合わせであり、それ以上でもそれ以下でもありません」と切って捨てています。これでは、一茶くんがかわいそうではないでしょうか。

先ほど言いましたように、芭蕉の句には「姿」がないのです。この「姿」があるかないかが、両句の水準の決定的な差なのです。決して、芭蕉には本当の過去があり、一茶くんには、たまたま組み合わせられた過去の言葉しかないという問題ではないのです。

解答として、芭蕉の句の詞書「野水が旅行を送りて」にもとづいた解釈をするなら、一茶くんの句にも同じように詞書をつけて読者に示せばよかったのでは。例えば、このように。

野水が旅行を送りて
見送りのうしろや寂し秋の風
ありし日の母を偲びて
病む人のうしろ姿や秋の風

一茶くんに、お母さんはいないなどと言わないでください。芭蕉は、松尾宗房という人が、俳句を作る人物として作った芭蕉という名の俳人です。同じように、AI一茶くんは、北海道大学大学院情報科学研究院調和系工学研究室を拠点とする著者たちが、俳句を作る人物として作ったAI一茶くんという名の俳人です。架空の人物なら、架空のお母さんがいてもよいのではないでしょうか。

この詞書をもとに、先の芭蕉の句の解釈にならって読めば、こうです。

ある日、一茶くんが、秋風に吹かれておりますと、長い間病気がちだったありし日のお母さんの、秋風とともにどこかへ今にも行ってしまいそうな頼りないうしろ姿が、ふと浮かんだ句というわけです。

それから、芭蕉の句の詞書ですが、これも、一茶くんと同じように、この詞書を含めて一つの作品と考えるべきです。芭蕉は、旅立ちの寂しさを詠うためにちょうどよい「野」「水」（水は川です）を俳号に持つ野水という弟子の名を出汁に使っただけかもしれないのです。その証拠に、野水を芭蕉が見送ったのは、どんな時だったか、解答にも「と言われています。」とありますように、はっきりしません。そして、他にも説はあります。しかし、具体的にどんな時だったかなどは、芭蕉にとってはどうでもよいことでしょう。

詞書を含めた読み方についてお話ししましたが、私は、一句は言葉に即して読むべきだという立場ですので、詞書を付けた読み比べは勧めません。あくまでも一句で勝負です。

では、「姿」のない芭蕉の句を読んでみましょう。

見送りのうしろや寂し秋の風　　芭蕉

は、こう読みます。「見送りのうしろ」ですから、去っていく人を見送る人のうしろのことになります。見送られる人のうしろ姿ではありません。そして、その見送る人のうしろはことに寂しいと言っています。見送る人は自分のうしろは見えません。ただ自分の背でその寂しさを感じるほかありません。「うしろや寂し」です。

その背で寂しさを感じるほかないうしろは、果てしもありません。その無限の寂しさを背後に湛えたうしろは、ただ寂しい秋の風が吹きぬけていくだけなのです。「寂し」は、もちろん「見送りのうしろや寂し」と「寂し秋の風」と両掛かりになっています。

芭蕉の句は、見送る人の深い寂しさに寄り添った句です。

単に「うしろ姿」としてしまった一茶くんの句とは雲泥の差があるということです。

これが、私の「これらの俳句をぱっと見て、どちらが芭蕉の句で、どちらがＡＩ一茶くんの句か見分けがつくでしょうか。もし見分けがついたなら、なぜそのように思われたのでしょうか」という問いの答えです。

どうして、このようにくどくどと、俳句の読み方について述べたかと言いますと、俳句は、言葉の芸術ですので、基本的には、それぞれの俳句の言葉に即して読むことによって素晴らしい世界をわれわれに見せてくれると思うからです。そして、なによりも、俳句が、次のように読まれることに賛成できないからです。

俳句は芸術であり、コミュニケーションの手段でもあります。ひとり孤独に俳句を詠むことや、詠んだ俳句を心のなかにしまっておくこともときにはあると思いますが、基本的には、自分の俳句を人と共有して伝えたいことを伝えたり、ほかの俳人が詠んだ俳句を鑑賞したりすることによって他人の感性や価値観を共有することが大事なのではないでしょうか。見たこと、感じたことを創意工夫して短い言葉で表現し、人に伝えることにその醍醐味があると言えます。(『人工知能が俳句を詠む』一四二頁)

たった今、芭蕉と一茶くんの句を鑑賞しましたように、私の鑑賞の仕方とまったく違うことがお分かりでしょう。芭蕉と一茶くんの句を比較することで、芭蕉の言葉さばき(レトリック)のすごさを味わいました。

しかし、これは芭蕉の意図したことではなかったかもしれません。もしかして、芭蕉は「うしろ姿」を単に語呂を合わせるために「うしろ」にしたのかもしれません。しかし、私は、一茶くんとの比較の中で、「うしろ」の意味を見出しました。

「選は創作なり」という高浜虚子の言葉がありますが、それ以上に重要なのは、読みです。鑑賞です。なぜなら、言葉の芸術である俳句は、読者に意味づけられることで、名句にも駄句にもなるからです。これが俳句を読む醍醐味です。先ほどの芭蕉の句も、私に意味づけられることで、一茶くんの俳句とは次元の違うあのような俳句になりました。

俳句が読者により意味づけられた世界であることは、『人工知能が俳句を詠む』とも無縁ではありません。二二九頁から二三四頁の「ＡＩ一茶くんの作品評価」に紹介された大塚凱の一茶くんの俳句十句に付けられた見事な作品評が、このことをよく示しています。

大塚は、一茶くんの生成した九千以上の句からこの十句を選んだとあります。一茶くんの生成した俳句は、この大塚凱の作品評によって俳句になりました。

大塚凱の作品評のすべては、本を読んでいただくことにして、最初の一句だけを紹介します。

水仙やしばらくわれの切れさうな

その心地を「われの切れさうな」と表現したことの繊細さ。生きていればこそ、世界の鋭利さに傷つく思いがすることもある。「しばらく」という時間に佇む作中主体は、「水仙」という冬の清澄な水辺を想像させる季語の空間で、自分を見つめ直しているかのようだ。「水仙」という言葉のもつナルシシズム、自意識あるいは若々しく屹立したようなその咲き方もまた、「切れさうな」ものとして感じられる。

言葉さばき（レトリック）という観点から見たこの句の読み方を少しお話しします。

まず、この句が、俳句になったのは、「しばらく〜そうな」という〈あいまい表現〉（二九頁参照）によるところが大きいのです。あいまいであるからこそ、厳しい冬の世界にあって、きりりと咲く水仙の花の美しさによって、わが身が切れてしまうという現実では起こらないことが、読者には起こりそうに思われるのです。

また、この句の中の「われ」は、俳句の成り立ちから言えば、北海道大学大学院情報科学研究院調和系工学研究室を拠点とする著者たちによって設定された仮の人物で、この作品の書き手（作者）である俳人、ＡＩ一茶くん（わたし）が、創作上、俳句の中に設定した「わたし（われ）」です。

しかし、一人称の「われ（わたし）」ですので、読者がこの句を読む時、作者（わたし）を重ねて読んでしまいます。しかし、よく考えると、この句の作者はＡＩ一茶くんという機械です。「水仙の花の美しさによって、ほんのちょっとの間でも自分が切れそうに思う」という体験をすることはありません。ここでふつうの読者は混乱するのです。

これは、次の二つの理由によります。
①　俳句はふつう実体験に基づき創作するものだということが先に頭にあること。

② 俳句に書かれたことは、作者のことであるとストレートに思っていること。

まず、①ですが、七七頁で紹介した「帚木に影といふものありにけり（虚子）」など、近代の名句の多くは、題詠と言って句会などで、題（季題〈季語〉）によって作られているという、筑紫磐井の指摘があります。そして筑紫は、言います。現代においても「例え吟行に出ても、風景を見て、そこで題を決め、そして題詠する。これが俳句作家の脳内風景である」と。⑵つまり、俳句は単純に実体験の文芸ではないということです。

ただ、実体験を装う言葉さばき（レトリック）があります。それを〈写生〉と言います。〈写生〉は、言うなれば、言葉によって表現されているにもかかわらず、現実の景色をあたかも写し取ったかのように見せる方法です。⑶しかし、いくらこれは〈写生〉だと言って現実に見た景色（実体験）を装おうとも、それは不可能です。なぜならば、〈写生〉＝「現実に見たという実体験を装う」だけでは、俳句が俳句として成り立つことはないからです。その句は、〈写生〉という言葉さばきの他に、別の言葉さばきが必要となります。

その典型的な例が、後藤夜半の「滝の上に水現れて落ちにけり」です。この句が名句になるには、「水現れて」という〈水の擬人化〉（言葉さばき）が必要でした。（六九頁参照）

すべてのすぐれた俳句は、すべて言葉さばきを使っていると言っても言い過ぎではないでしょう。

次に②です。これもはっきり言えば、俳句に書かれたことは、そのまま作者のことではありません。橋本多佳子《はしもとたかこ》（一八九九－一九六三）の次の句を例にお話しします。

雪はげし抱かれて息のつまりしこと　　多佳子

作者は橋本多佳子ですが、この句が実体験であるか、想像上のことであるかは、句を読んだだけでは分かりません。〈写生〉の句であっても同じです。虚子の名句「遠山に日の当りたる枯野かな」という句も、虚子がこの光景を実際に見て書いたかどうかは、読んだだけでは分かりません。そもそも、句に書かれたものが実体験か想像上のことか、あげつらうこと自体がおかしいのです。

作者の伝記をこと細かに調べて、この時、多佳子を抱いたのは誰々だと言っても、言葉の芸術である文芸としてのこの俳句とは何の関係もありません。この句に書かれたことを忠実に読めばよいのです。まず、「抱かれて息のつまりしこと」と、受身の情景で書かれていますので、この人物は女性であることは分かります。その上で、この句で読むべきは、

「はげし」です。はげしく降る白い雪の中ではげしくキスされた彼女の赤い唇が、見えるようです。「息のつまりしこと」とは、そのことです。

作者橋本多佳子は、この句の中に、はげしい雪の中で、寒さをものともせず、むしろ快感として、燃えるようなはげしい恋に自らの生を燃焼させる、はげしく生きる女性（人物）を置きました。そして、読者は、その女性の喘《あえ》ぎを、雪に変身したひらがなの中に垣間見るのです。ひらがなに混じる三つの漢字として。（ひらがなの雪への変身は、一一〇頁参照）

先ほどのＡＩ一茶くんの「水仙やしばらくわれの切れさうな」の読者（大塚凱）は、できる限り句の中の言葉を通して人物（われ）に寄り添い、句の中の人物を理解し意味づけようとしていますが、決して作者を理解しようとしているわけではありません。

このように、どのような俳句にも作中人物はいるのであり、その作中人物はそのままストレートに作者ではありません。だからこそ、体験することのないＡＩ一茶くんの句を、われわれは鑑賞することができるのです。

以上が、『人工知能が俳句を詠む』の一三四頁の次の疑問への、私なりの答えです。

（先に一部紹介した大塚凱のＡＩ一茶くんの作品評に「作中主体」という言葉が使わ

れていることに対して―武馬）しかし、人ではなく人工知能で生成した作品であるとすると、実体験としての俳句という解釈を加えることに心理的抵抗があることは理解できます。そしてそのような感覚から、架空の主役としての「作中主体」という言葉が使われたのではないかと思います。

ただ、人がつくった俳句だとしても実体験に基づかない想像上での創作もあり得るはずです。果たしてそのような作品であれば、人が詠んだ俳句でも「作中主体」という言葉を使うことが適切なのか、やはり「作者」という言葉で説明するのが適切であるのかは興味のあるところです。

ＡＩ一茶くんの益々のご健吟をお祈りいたします。

**参考・引用文献**

（1）川村秀憲・山下倫央・横山想一郎共著『人工知能が俳句を詠む―ＡＩ一茶くんの挑戦―』オーム社、二〇二一年。
（2）筑紫磐井著『季語は生きている』実業公報社、二〇一七年、一三九頁。
（3）山本左門「現代俳句データベース『方丈の大庇より春の蝶』（高野素十）評言」を参考。

# 22

## 俳句と漢詩の言葉さばき（レトリック）
### ——小川双々子から李賀《りが》へ

### 序　小川双々子「炭俵照らしてくらきところなる」

小川双々子の句集『荒韻帖』（邑書林、二〇〇三年）の「亡郷」に次の句があります。

炭俵照らしてくらきところなる　　双々子

難しい句です。『幹幹の声』（天狼俳句会、一九六二年）に収録された

わが生ひたちのくらきところの寒卵　　双々子

と句の姿形が似ています。

読んでみれば、「そもそもくらいわたしの生い立ちの、そのくらいところの寒々とした寒卵であることよ。」という句でしょうか。句の中の私の誕生を寿ぐこととは正反対の句です。ふつうは「寒中の栄養価の高い卵」という意味づけを与えられる寒卵ですが、この句の中では、文字通り寒々としてそこにある卵という読みを求めています。もちろん寒卵は、誕生から宿命づけられた寒々とした自らの生の象徴として、この句に置かれています。

ですからこの句と同じように、炭俵の句は、「炭俵を、灯りで照らした。そうするとくらい一角が現れた。炭俵は、その暗いところにあったのだ。」と読めます。炭俵とは、藁でできた俵の中に真っ黒な炭が詰まったものです。その炭俵が内に持つ暗さがあたりに及んでいます。その暗さが及んだところが、炭俵を灯りで照らし出すことで初めて現れたのです。暗さが明るく照らすことであらわになるという、人の世のあり様をふと思わせます。

おそらくこれが、無理のない鑑賞でしょう。

しかし、私には、この鑑賞では満足できないものがあります。照らされるものが、炭俵でなく、炭俵は、逆に照らすものではないかと思われてならないのです。

真っ黒な炭が詰まった炭俵という物が照らしたそこは、暗いところであったというように読むのです。

炭＝暗黒の塊が詰まった「炭俵」に照らされることによって、白日の下に「くらきところ」はさらされるのです。

そして、暗黒によって照らされるにもかかわらず、それは照らす、すなわち光を当てることによって物を際立たせることと変わりのないことを読者に納得させるため、「炭俵照」以下が「らしてくらきところなる」という明るい感じを持つ平仮名表記になっています。ふつうの光と違い、照らすことによって「くらきところ」を際立たせる光がここに現れます。（これは、先の寒卵の句でも、炭俵の先の鑑賞の仕方でも言えることです）

それを、一人の人物が見つめています。炭俵が照らし出した「くらきところ」とは他でもない、自分自身というものの内部（内面）そのものではないかと。

読者の身も心も捉えて離さない、名句と言えます。

実は、話はここで終わらないのです。唐の詩人で、鬼才と歌われた李賀《りが》の「南山の田中の行《うた》」に話を移さなければなりません。

ある日、この李賀の傑作を読んでいましたら、この双々子の句に似た表現があったのです。次のようになります。

炭俵照らしてくらきところなる　双々子
鬼燈《きとう》　漆《うるし》の如《ごと》く　松花《しょうか》を照《て》らす　李賀

「漆の如く松花を照らす」という言葉に惹かれました。そのまま読めば、「漆のように真っ黒く松の花を照らす」ということになります。これはどういうことか確認したく思い、「南山の田中の行」のいくつかの注釈を読みました。双々子の先の句の読み方に関連づけることができないかと考えたのです。が、ことは簡単ではありませんでした。納得できる読み方に出会えなかったのです。

以下は、そうした私の「鬼燈　漆の如く　松花を照らす」についての、ささやかな文章です。それは、詩の表現とはどういうものか、私なりに追究したものでもあります。

## 一　「南山の田中の行《うた》」の一句を読む

鬼才と呼ばれた中唐の詩人、李賀（七九一－八一七）の傑作「南山の田中の行」に次のような句があります。

鬼燈如漆照松花　　鬼燈《きとう》　漆《うるし》の如《ごと》く　松花《しょうか》を照《て》らす

私は、「鬼燈（鬼火《きか》（おにび）＝人魂）が漆のように真っ黒な光で松花を照らしている」と、書かれている通りに読みました。しかし、私が読んでいた荒井健注『李賀』には「松花」に注して、次のように書かれていました。

○松花　春に咲く、黄色い松の花。李賀の「神絃別曲」にも「松花は春風のうちに山上に発《ひら》く。」とある。但し、この詩の場合は、季節が秋とはっきりしているから、松の花ではおかしい。或いは秋の末に熟する松の実かも知れない。現代中国語で松花《スンホア》と

言えば松の実をさすのが普通。（1）

この詩では、「荒畦《こうけい》　九月《くがつ》　稲《いね》　叉牙《さが》たり」（意味については、一六五頁参照）と詠われています。ですから、詩の中の月は、九月（新暦では十月）です。それなのに春に咲く「松花」とは「おかしい」と言っているのです。

そこで、「松花」は「松の実」かもしれないと言います。現代中国では「松花」は「松の実」を指すからと。

しかし、これは詩です。しかも、鬼才李賀です。荒井も『李賀』の解説で言っています。

死せる美女に対する思慕の念にあふれる「蘇小小の歌」（四〇ページ）、真夜中の墓場をえがく「感諷（其の三）（九八ページ）、さまざまの化け物の現われる「神絃曲」（一七七ページ）等を見よ。そこには極度にロマンチックな幻想の世界が展開される。元来、中国の文学は、夢幻的なイメージの創造を得意とはしない。詩も、大半は日常のありふれた経験をテーマとし、その傾向は時代が下るにつれて次第に強まる。かれは中国文学史上孤立した詩人と見なしてよい。（傍線―武馬）（2）

そうなのです。「鬼燈　漆の如く　松花を照らす」は「日常のありふれた経験」をもとに読んではならないのです。死者の世界の出来事として読まねばなりません。

ここでは「松花」は、書かれた通りの松の「花」です。「鬼燈」（鬼火＝死者の魂）が照らすからこそ、散ったはずの「松花」があるのです。漆黒の光で照らされるからこそ「松花」は妖しくこの詩の中に現れるのです。

荒井は「鬼火がうるしのように光り、松花を照らしている」と訳していますが、ここは現代の俳人として、私は、李賀は「鬼火の発する光を、一度生命の尽きたものを照ら出しよみがえらせ、目の前に出現させる力を持つ漆黒の光」としてイメージしていると取りたいと思います。

照らすのは明るい光だけではありません。漆黒の光、暗黒の光が照らすこともあります。そして、そのような漆黒の光に照らされて現れるものは日常を超えたものなのです。

では、遅くなりましたが、傑作「南山の田中の行」のすべてを読んでみましょう。

## 二　李賀「南山の田中の行《うた》」を読む

まず、李賀の「南山の田中の行」の漢字だけの原文（白文《はくぶん》）を示します。

南山田中行

李賀

秋野明
秋風白
塘水漻漻蟲嘖嘖
雲根苔蘚山上石
冷紅泣露嬌啼色
荒畦九月稲叉牙
蟄螢低飛隴逕斜
石脈水流泉滴沙

鬼燈如漆照松花

では、表現に忠実に、読んでいきましょう。訓読《くんどく》（漢文を日本文にして読むこと）は、特に断らない限り、荒井健注『李賀』に基づいています。

南山田中行

南山《なんざん》の田中《でんちゅう》の行《うた》

李賀

1　秋野明

秋野《しゅうや》　明《あか》るく

（秋の野は明るく、）

2　秋風白

秋風《しゅうふう》　白《しろ》し

（秋風は白い。）

＊秋の風が白いのは、芭蕉の「石山《いしやま》の石より白し秋の風」を待つまでもなく、秋の色は白（白秋）だからです。ちなみに、春は青（青春）、夏は赤（朱）（朱夏《しゅか》）、冬は黒（玄）（玄冬《げんとう》）です。

3　塘水漻漻蟲嘖嘖

塘水《とうすい》　漻漻《りょうりょう》　虫《むし》　嘖嘖《さくさく》

（池の水は清く澄み切って深く、虫はしきりに鳴いている。）

4　雲根苔蘚山上石　　雲根《うんこん》　苔蘚《たいせん》　山上《さんじょう》の石《いわ》

（雲が湧く山上の岩は、青くこけむしている。）

5　冷紅泣露嬌啼色　　冷紅《れいこう》　露《つゆ》に泣《な》く　嬌啼《きょうてい》の色《いろ》

（冷ややかな赤い花は露の涙を流し、その泣く姿は、なまめかしい。）

＊荒井健注『李賀』の訓読は「冷紅　露に泣き　啼色《ていしょく》嬌《うつく》し」ですが、ここは原田憲雄訳注『李賀歌詩編1』(3)によりました。

＊李賀の「蘇小小《そしょうしょう》の歌」に翠燭《すいしょく》（鬼火）を形容して「冷翠燭（冷やかなる翠燭）」とあります。

6　荒畦九月稲叉牙　　荒畦《こうけい》　九月《くがつ》　稲《いね》　叉牙《さが》たり

（九月の荒れた田は、稲がまるで欠けた歯の様にとがっている。）

7　蟄螢低飛隴逕斜　　蟄蛍《ちっけい》　低《ひく》く飛《と》び　隴逕《ろうけい》に斜《なな》めなり

（昼間かくれていた蛍が、畑中の道を低く斜めに飛んで行く。）

＊荒井健注『李賀』の訓読は「隴逕斜めなり」ですが、ここは原田憲雄訳注『李賀歌詩編1』によりました。

＊「斜」は李賀のキーワードの一つのように思われます。「斜」は普通ではないイメージをもたらします。李賀の「李憑《りひょう》箜篌《くご》の引《うた》」の結句に「露脚《ろきゃく》　斜《なな》めに飛び　寒兎《かんと》を湿《うる》おす」とあります。「露脚」の脚は、雨脚の脚。「寒兎」は月に棲む兎。降りそそぐ露は斜めに飛び散って月の兎を濡らす。

8　石脈水流泉滴沙　　石脈《せきみゃく》　水流《みずなが》れて　泉《いずみ》　沙《すな》に滴《したた》る
（石の目を通って泉となって湧き出た水が、砂に滴る。）

9　鬼燈如漆照松花　　鬼燈《きとう》　漆《うるし》の如《ごと》く　松花《しょうか》を照《て》らす

このように、「南山の田中の行」の第一句から第八句目までは、南山のふもとの田野の道を歩いていく時の、本来はなんの変哲もない風景を歌った詩です。しかし、結句（第九句）「鬼燈　漆の如く　松花を照らす」まで読み、全篇を振り返れば、そのなんの変哲もない風景は読む者にとっては異様な風景となって現れます。

まず、この詩の世界は夜なのか、それとも昼間から夜への時間の経過が詩中にあるのか、それすら読めば読むほど分からなくなってきます。

原田は『李賀歌詩編1』の三九四頁で、李賀が拠ったと思われる先行の魏《ぎ》の文帝、李白の夜の詩を引き、この詩が「夜の田中を歌った」とはっきり言っています。鈴木虎雄『李長吉歌詩集』（上）(4)は「田野を過ぎて見たさまをのべた」、黒川洋一『李賀詩選』(5)は「田野を過ぎたときに見たことを述べる」とあるのみで、はっきりとは述べていません。

作者の意図は分かりませんが、われわれの前にある詩は、鬼燈が照らす世界であり、夜とか昼間とかいったこの世のものでないことは確かです。なぜなら、先にお話ししたように、鬼火の漆黒の燈によって照らされ、春に咲き散ったはずの松の花が秋に現れる世界なのです。

## 三　結句「鬼燈　漆の如く　松花を照らす」から、この詩を振り返る

結句「鬼燈　漆の如く　松花を照らす」から振り返って「蛍」を見れば、蛍もまた鬼燈に照らされ、同じく李賀の「感諷　其の三」(6)の「漆炬《しっきょ》　新人《しんじん》を迎え　幽壙《ゆうこう》　蛍擾《じょうじょう》擾たり」の蛍になります。（一七四頁参照）

これは飯田蛇笏の芥川龍之介の死を悼んだ句

たましひのたとへば秋のほたるかな　　蛇笏

を思い起こさせます。もちろん、李賀はこの場合の蛇笏と違い奇怪ではありますが。

それと同じように「鬼燈　漆の如く　松花を照らす」から振り返って見れば、冒頭の「秋野明るく／秋風白し」も普通の意味の明るさでもなく白さでもなくなります。

「秋野明るく」の「明るく」は依田仁美の歌

陽は夏陽風は夏風常盤橋　閑からとしてやたら明るし　　仁美

の「明るし」に通ずる明るさです。傷心の人物の渡った、永久に変わらないという美女の名を持つ常盤橋の向こう（彼岸）の、やたら明るいだけの世界です。

「風白し」は、

石山の石より白し秋の風　　芭蕉

の「白し」に通ずる「白し」でしょう。この白い秋の風は、いのちの灯を吹き消す彼岸からの無常の風の色です。

「明るし」も「白し」も、ともに漆のような真っ黒な鬼灯に照らされ、真っ暗な、しかしやたら明るい世界として現れるのです。

第四句は、改めて読めば、それは雲の生まれる山上の風景です。それを田んぼの中の道を行く人物が歌うのです。この山上の荒涼たる風景が、第五句の山上とも山のふもととも知れぬ「冷紅　露に泣く　嬌啼の色」（冷ややかな赤い花は露の涙を流し、その泣く姿は、なまめかしい）を引き出します。

第五句に関して注目すべきは、李賀の代表作「蘇小小の歌」(7)（帰ってくるはずもない男を待つ五世紀末に死んだ名妓の悲しみを歌う詩）に鬼火（翠燭）を形容して「冷翠燭」とあることです。私の意訳を付けてその個所を引きます。

油壁車《ゆへきしや》　　女性の乗るあでやかな車が

久《ひさ》しく相待《あいま》つ　計り知れないほど長い間待っている
冷《ひや》やかなる翠燭《すいしょく》　冷ややかな翠の鬼火も
光彩《こうさい》を労《ろう》す　いつしか光が衰えてしまうほど

この用例に従えば、「冷紅」とは、死の側に冷え冷えと咲く紅い花ではないでしょうか。そのため、この第五句は、第六句の村落の荒廃をも暗示する荒廃した田の描写へと展開し、それが先に述べた死の側のイメージを持つ第七句の「道すれすれに斜めに飛ぶ蛍」へと繋がるのです。それを受け、蛍の光がゆらゆらと揺れる泉が現れます。

そして、その泉にゆらゆらと揺れる光は「鬼燈」となって、この詩を結びます。

李賀のこの「南山の田中の行」は、結句「鬼燈　漆の如く　松花を照らす」が、この詩のすべてを照らし出す、この世でありながらこの世でない世界の風景だったのです。そのような風景を見ながら、詩中の人物は歩いているのです。

## 四　「鬼燈如漆」の「漆」とは何か

荒井健注『李賀』の「南山の田中の行」の解釈に満足できなかった私は、黒川洋一編『李賀詩選』（岩波文庫）と、荒井健注『李賀』との解釈の比較をしました。

二つの本は、元にした文献が違うため、荒井健注『李賀』では、

鬼燈如漆照松花

となっていましたが、黒川洋一編『李賀詩選』（岩波文庫）では、

鬼灯如漆点松花

となっていました。そのため、『李賀詩選』では、「鬼灯は漆の如く松花に点ず」と訓読みされていました。訳は「人魂の青い提灯ほの暗く松の花に懸かりて点《とも》る」でした。注では、

**鬼灯如漆**　鬼灯は鬼火、燐火。如漆とは如漆灯ということであり、漆灯とはほの暗い灯火のことである。

となっていました。「如漆」を「如漆灯」とし、「ほの暗い灯火のこと」としていましたが、これは、『広漢和辞典』の「漆燈」の説明と同じです。（『大漢和辞典』では「暗い燈火」とあります。）せっかく、黒川は、

**松花**　松の花。松が黄色い花をつけるのは春であり、この詩の季節には合わぬが、それはこの詩が幻覚によって成ったものであることによると見るべきである。

と述べ、荒井のように詩であることを考えに入れない合理的解釈を排しているのに、「漆灯」を「ほの暗い灯火のこと」とあっさりと言い切ってしまうことの不思議さを思います。

この読みからは、李賀がなぜ「漆」という語をわざわざ一番大事な結句に使ったかが説明されていません。たとえ黒川の言うように一歩譲って「如漆」の「漆」は「漆灯《しっとう》」であ

ったとしても、「漆灯」は単に「ほの暗い灯火のこと」ではなく、「漆灯」そのものではないかと思われます。

『字源』に「漆灯」はありませんが、鐘ヶ江信光編『中国語辞典』（大学堂書林、一九六〇年には「漆油」があり、それは漆の実から取れる「木蝋」とされています。ＨＰ「中国の伝統的な祭日」の「元宵の灯篭（正月一五日）」（8）に、次のようにあります。

元宵に灯篭を飾ることは、南北朝のころすでに習わしとなり、南朝の梁・簡文帝は、かつて『列灯賦』を著わし、元宵に灯篭を飾る様子を次のように描写した。油灯や漆灯があり、或いは線香を焚き、ろうそくを点じ、輝く灯火と月光が水面に映っていると。（傍線―武馬）

「油灯や漆灯」とあることから、漆灯は、木蝋を直接燃やした灯の可能性もありますが、私は、「漆灯」は漆蝋から作った蝋燭ではないかと考えています。（9）「漆炬《しっきょ》」という言葉を李賀は「感諷　其の三」（10）で、

一山《いっさん》　唯《た》だ白暁《はくぎょう》
漆炬《しっきょ》　新人《しんじん》を迎《むか》え
幽壙《ゆうこう》　蛍《ほたる》擾《じょう》擾《じょう》たり

南山の暁はただただ白いだけ
墓穴を照らす漆蝋《うるしろう》の灯りは死者の新婦を迎え
ほの暗い墓穴に蛍が喜び乱舞する

＊訓読みは荒井『李賀』、意訳は武馬。

と使っています。「炬」は「ろうそく」であり、「蝋炬」といったふうに使います。そこから言えば、「漆炬」は、漆蝋から作ったろうそくです。ここから「漆灯」を、黒川のようにあっさり「ほの暗い灯火のこと」と片づけてしまうのはどうでしょうか。

　この観点から李賀の詩を読めば、「鬼燈（鬼火）は漆燈（漆炬＝漆蝋で作った蝋燭）のようで、それが松花を照らしている」と訳すことができます。「如漆」の「漆」は中国文学者の黒川の言うように「漆燈」の意にまず間違いはないでしょう。

　しかし、話はここからです。たとえ「漆」が「漆燈」であったとしても、表記は、「鬼燈如漆」なのです。現に二人とも、

鬼燈漆の如く松花を照らす（荒井）

鬼灯は漆の如く松花に点ず（黒川）

と訓読みしています。(11)

読者は「鬼燈如漆」から、「ほの暗い灯火」ではなく、まず漆の漆黒をイメージしてもよいのです。漆黒が照らすと読むのが無理があると言うのなら、同じく李賀が北の寒い地での戦いを詠った「北中寒《ほくちゅうかん》」（北地の寒さ）(12)という詩の冒頭で、

一方黒く照らし　三方紫なり　　北方の寒気で黒く照らされ、東南西は紫だ

と表現しているのはどうでしょうか。

この「北中寒」の「一方黒く照らし」という表現からして、ここは、文字通りまず漆黒の灯と読めばよい、と俳人武馬久仁裕は思います。

ながながと書いてきましたが、まとめますと、

鬼燈如漆照松花　　　鬼燈　漆の如く　松花を照らす

は、「鬼火が漆黒の光で松を照らせば、そこには、松の花が照らし出される」と読めばよいのです。

たとえ解釈上は「如漆」が「漆燈のように」であろうとも、その「ゆったりとした橙色のあたたかみのある炎」(9)を上げ燃えているはずの漆燈の光は、この詩を読む者の脳裏には漆黒の光へと転ずるのです。

李賀「南山の田中の行」は、散文（ふつうの文章）ではありません。様々な言葉さばき（レトリック）を駆使して、言葉（文字）によって意味づけられた、日常の世界を超えた世界（虚構の世界）なのです。ですから、そこに日常の散文の論理（考え方）を持ってきて読もうとしても、到底できることではないのです。

読者もまた、散文の論理（考え方）ではなく、詩の言葉さばき（レトリック）を素直に受け止め、読む必要があるのではないかと思います。李賀の「南山の田中の行」は、そのようにして読むことを求めている詩です。

小川双々子の、

炭俵照らしてくらきところなる　　双々子

も、照らすことによって「くらきところ」が現れるという、散文にはない言葉さばきが、はっきり現れています。読者は、そのような言葉さばきを素直に受け止め、読むことを、この俳句においても求められています。

このように、漢詩を読むことと俳句を読むことは、その姿勢において少しも変わるところはありません。そのことを確認して、この文章を終わります。

**参考文献・注**

（1）荒井健注『李賀』中國詩人選集⑭、岩波書店、一九六七年、八〇頁。底本は「宋宣城本・李賀歌詩篇四巻外集一巻」（民国七年〔一九一八〕董氏誦芬室影印）。

（2）荒井健注『李賀』中國詩人選集⑭、岩波書店、一九六七年、五頁。

（3）原田憲雄訳注『李賀歌詩編』（全3巻）、平凡社、一九九八年。「南山田中行」は、第1巻、三九四頁にあります。底本は「宋宣城本・李賀歌詩篇四巻外集一巻」（台北の国立中央図書館が蔵し、一九七一年影印刊行）。原田は宋宣城本をテキストとして評価しています。

（4）鈴木虎雄注釈『李長吉歌詩集』（全2冊）岩波書店、一九六一年、一九九頁。底本は、元の呉正子本（一八一八年に昌平黌より覆刻刊行された官板『唐李長吉歌詩』三冊に拠っています）。

（5）黒川洋一編『李賀詩選』岩波書店、一九九三年、八七頁。底本は、（4）の『李長吉歌詩集』と同じです。

（6）荒井健注『李賀』中國詩人選集⑭、岩波書店、一九六七年、九八頁。

（7）荒井健注『李賀』中國詩人選集⑭、岩波書店、一九六七年、四〇頁。

（8）http://japanese.china.org.cn/culture/archive/jieri/node_2028072.htm（2021/7/4）

（9）暮らしのほとり舎のＨＰに高澤ろうそく店のうるしろうそくについて、「漆ロウは、粘気があるので垂れにくく、ゆったりとした橙色のあたたかみのある炎が特徴です」とあります。https://www.kurashi-no-hotorisya.jp/Zakka/urushi_rousoku.html（2021/7/4）

（10）「感諷　其の三」の全篇を掲げます。「南山の田中の行」と読み比べてください。

其の三

南山　何《なん》ぞ其《そ》れ悲しきや
鬼雨　空草に灑《そそ》ぐ
長安　夜半の秋
風前　幾人か老ゆ
低迷す　黄昏《こうこん》の逕《みち》
裊裊《じょうじょう》たり　青櫟《せいれき》の道
月午《つきご》にして　樹に影無く
一山《いっさん》　唯《た》だ白暁
漆炬《しっきょ》　新人を迎え
幽壙《ゆうこう》　蛍擾擾《じょうじょう》たり

南山は、なんと悲しいことか
鬼火の燃える中、雨がさびしい草原に降りそそぐ
長安の真夜中の秋の
風前の灯の何人かの老い行く人
どう行ったらよいか分からない黄昏の小道
なよなよと青葉の櫟が揺れ
月は頭上あり、樹には影ない
南山の暁はただただ白いだけ
墓穴を照らす漆蝋の灯りは死者の新婦を迎え
ほの暗い墓穴に蛍が喜び乱舞する

＊訓読は、荒井健注『李賀』中國詩人選集⑭、岩波書店、九八頁、に拠ります。意訳は武馬。

（11）「鬼燈如漆照松花（鬼燈漆の如く松花を照らす）」と「鬼灯如漆点松花（鬼灯は漆の如く松花に点ず）」とどちらが表現としてすぐれているかは、今は問いません。

（12）「北中寒」の全篇を掲げます。

## 北中寒

一方黒く照らし　三方紫なり　　　北方の寒気で黒く照らされ、東南西は紫だ
黄河《こうが》　氷合《ひょうごう》し　魚龍《ぎょりゅう》死す　　　黄河は氷結し、魚や竜は死んだ
三尺の木皮《ぼくひ》　文理《ぶんり》を断《た》つ　　　厚い三尺の木の皮は寒さで裂ける
百石《ひゃくせき》の強車《きょうしゃ》　河水に上る　　　百石積みの輜重車《しちょうしゃ》が河水を渡る
霜花《そうか》　草上《そうじょう》　大なること銭の如し　　　降りた花のような霜はその大きさが銅銭ほどだ
刀を揮《ふる》えども　入らず　迷濛《めいもう》の天　　　刀を振るっても薄暗い天には一太刀も届かない
争瀯《そうえい》たる海水　飛凌《ひりょう》　喧《かまびす》し　　　逆巻く海水に流氷は騒がしい
山瀑《さんばく》　声無く　玉虹《ぎょっこう》　懸《かか》る　　　山の滝は凍って音もなく白玉の虹が懸かる

＊訓読は、原田憲雄訳注『李賀歌詩編3』九二頁に拠ります。意訳は武馬。

「一方黒照三方紫　一方黒く照らし　三方紫なり」は、原田によれば、次の通りです。

「中国では、四季に、青、赤、白、黒の色を配し、また東、南、西、北の四方を当てる。北方は玄冬、すなわち黒である。北方の陰寒たる玄気に照射されて、東、南、西の陽暖の気が薄れ、青も赤も白も、その固有の色彩を失って、一様に間色の紫となる、というのである。」

これに付け加えることはありません。

著者紹介

**武馬久仁裕**

1948年愛知県に生まれる。
俳人。現代俳句協会理事。黎明俳壇選者。

主な著書
『G町』(弘栄堂)
『時代と新表現』(共著，雄山閣)
『貘の来る道』(北宋社)
『玉門関』(ふらんす堂)
『武馬久仁裕句集』(ふらんす堂)
『句集　新型コロナの季節』(共著，黎明書房)
『武馬久仁裕散文集　フィレンツェよりの電話』(黎明書房)
『俳句の不思議，楽しさ，面白さ』(黎明書房)
『子どもも先生も感動！　健一＆久仁裕の目からうろこの俳句の授業』(共著，黎明書房)
『誰でもわかる美しい日本語』(編著，黎明書房)
『誰でもわかる孫子の兵法』(編著，黎明書房)
『こんなにも面白く読めるのか 名歌，名句の美』(黎明書房) 他。

ホームページ：円形広場　http://www.ctk.ne.jp/~buma-n46/

俳句《はいく》の深読《ふかよ》み

2021年10月10日　初版発行

著　者　武《ぶ》馬《ま》　久《く》仁《に》裕《ひろ》
発行者　武馬　久仁裕
印　刷　株式会社太洋社
製　本　株式会社太洋社

発行所　株式会社　黎《れい》明《めい》書《しょ》房《ぼう》
〒460-0002　名古屋市中区丸の内3-6-27　EBSビル　☎052-962-3045
FAX 052-951-9065　振替・00880-1-59001
〒101-0047　東京連絡所・千代田区内神田1-4-9　松苗ビル4階
☎03-3268-3470

落丁本・乱丁本はお取替します。　ISBN978-4-654-07692-5